わたしはあなたの涙になりたい

四季大雅
イラスト　柳すえ

目次

Design　たにごめかぶと（ムシカゴグラフィクス）

わたしはあなたの涙になりたい

四季大雅　イラスト 柳すえ

Character 登場人物

三枝《さえぐさ》八雲《やくも》 *Yakumo Saegusa*

主人公。母親を塩化病で亡くす。

五十嵐《いがらし》揺月《ゆづき》 *Yuzuki Igarashi*

天才的なピアニスト。

プロローグ

僕は海の底へ、そして過去へと向かうために、この物語を書きだす――


福島県相馬《そうま》市の港へとやってきた。

車からおりた途端に、海の匂《にお》いを感じた。遠くから、近くから、無数に折り重なる波音を風が運んできた。曇天に白点ひとつ、さみしく鳴く春かもめが、雪の名残《なごり》ひとひら、まだ冷たい三月の風だった。風は、まだ震災の傷跡がのこる閑散《かんさん》とした港をぬけていった。

海に浮かぶ小型船で、幼馴染《おさななじみ》の清水《しみず》が待っていた。遠くからでも一目でそれとわかる大男で、船が変に小さく見える。前よりも恰幅《かっぷく》が良くなり、まるでのっそりとした熊が港に迷いこんだかのようだ。そばに行くとようやく気がついて、にっこりと笑った。七福神の恵比寿《えびす》さまみたいな笑顔だった。体格に似合わず、人の好さそうな、優しい顔をしたやつだ。

「やっちゃん!」

清水は大声で僕を呼んだ。船から波止場へと、よいしょっと上がり、駆け寄ってくる。そのまま勢いよく、僕をぎゅっと抱きしめた。『一般人、熊に襲われる』の図である。清水は昔からこんな調子でスキンシップが激しい。けれど僕には、この大げさだけれどもあたたかい愛情表現が、とてもしっくりと、嬉《うれ》しかった。

「ひさしぶり、清水」

力いっぱい抱きしめ返し、幸せ太りした脇腹《わきばら》をぽよぽよと叩《たた》いた。

清水はようやく体を離し、どこか遠い目をして言う。

「あれからもう、四年も経つんだね」

「そうだな、もう、四年か……」

過ぎ去った時の長さを思うと、目にじんわりと涙がにじんだ。

清水は小型船の屋根つきの操縦席に座った。僕はその後ろに、荷物のハードケースを椅子《いす》にして腰掛けた。割れ物が入っている箱を、しっかりと抱きしめる。エンジンが唸《うな》り、船が走りだした。どこか重たい金属質な光をはなつ青鈍《あおにび》色の海を、白い飛沫《しぶき》をあげながら進んでいく。港は遠ざかるにつれ水平線のうえに細く、輪郭を失い、代わって雄大な阿武隈《あぶくま》高地が黒い波のような稜線《りょうせん》をあらわしていった。

四十分ほど走って、船は停《と》まった。周囲には何もない。ただただ、茫漠《ぼうばく》とした海原が四方に広がっていた。スマートフォンのＧＰＳで、緯度経度を確認する。

北緯３７度49・99、東経１４１度９・41。

事前に福島漁連に問い合わせた場所と、ぴたりと一致している。

僕らはダイビングの準備を始めた。ウェットスーツを着込み、マスクをつけ、フィンを履き、タンクを背負う。僕はこのためだけに、わざわざ沖縄でアドバンスド・オープン・ウォーター・ダイバーの資格を取得したばかりだった。上級者の清水《しみず》が、僕の装備をチェックしてくれた。

清水は勢いよく海に入った。僕は水泳の授業を思い出した。子供の頃から、清水は真っ先に飛び込んでいくタイプだった。天使のように大胆なのだ。一方の僕は悪魔のように細心、というよりは単に臆病で、足先からゆっくりと浸かった。水は思ったよりも温かかったが、痩《や》せ細った僕はあっという間に震えだした。清水が泳ぎ寄ってきて心配そうに訊《き》く。

「やっちゃん、大丈夫? もう唇《くちびる》が紫だけれど」

「えっ、もう?」我ながら情けないくらいの虚弱体質だ。「まあ、大丈夫。たぶん」

清水が『本当かなあ』という表情をするのがゴーグル越しにでもわかった。

「じゃあ、行こう。おれが先に潜るから、ついてきて」

清水はレギュレーターをくわえ、鮮やかに潜水した。僕はぎこちなく、そのあとを追った。

深い、ブルーの世界――

さざなみは水面をへだてて遠くなり、呼吸や吐き出す泡の音ばかり大きくなった。

もう5メートルも潜行している清水を追って、ほのかに光る海面を離れる。1メートルほど潜って、三度目の耳抜きをした。一度目は入水時、二度目は潜った直後にしていた。

曇天のせいで、視界は悪かった。魚影もない。どんどん潜っていく清水が、ただ一匹、巨大なクエのようだ。見失わないか不安で、ゆらゆらとのぼってくる白銀の泡を慎重に追いかける。まるで月光にひかる小石をたどるヘンゼルとグレーテルみたいに。

深く潜るにつれ、視界の青もその深みを増してゆく。

ほの暗い静寂のなかを、デトリタスが逆さまの雪のように降りしきる。

塩の結晶のようだ、と僕は思った。

塩――それは、ほとんどの人にとって、単なる調味料に過ぎない。小瓶に詰まったしょっぱくて白い粒。もの足りないサラダを美味《おい》しくし、スイカの甘さを引き立てる、生活の必需品。

けれど僕にとって塩とは、もっと、特別なもの――死であり、時であり、命だった。

僕のたどった数奇な運命が、塩に対するこの特別なイメージを生み出したのだ。

深く深く潜るにつれ、その過去が自然と思い出されていった。心は十五年前へ――僕がまだ小学三年生だった頃へと戻った。海のなかに、音楽が漂いだした。

美しい、ピアノの音色――

フレデリック・ショパン、練習曲作品10第3番『別れの曲』。

これは、涙で始まり、涙で終わる物語だ。

一章
Chapter.1

1

「お母さんは、塩化病です」

丸椅子《いす》に座った医者が、そう言った。三十代後半のようにも、二十代前半のようにも見える男性だった。目元が幼いから、年齢がわからなくなるのだ。四角い黒縁眼鏡《めがね》のむこう、目はまん丸で、太い眉《まゆ》は困ったように尻《しり》がさがっていた。

「からだが末端から、少しずつ塩化ナトリウムに置き換わっていってしまう病気です」

意味がよく理解できなくて困った僕は、先生のうしろに立っている看護師を見上げた。彼女は屈《かが》みこみ、目線の高さを合わせて言った。

「手や足の指先から、少しずつ、からだが塩に変わって、崩れていってしまうの」

その薄く化粧した美人の看護師は、ジェスチャーをした。包丁みたいにした右手で、左手を指先から少しずつ切り落としていくような。右手は最後、心臓のうえで止まった。

僕は呆然《ぼうぜん》と、その手を見つめ続けた。ようやく考えが追いつくと、訊《き》いた。

「母は……死んでしまうんですか?」

医者はいよいよ困った顔になった。下唇《くちびる》を突き出して、ほとんど魚のようだった。

無言の肯定だった。僕は現実を受け入れられず、訊いた。

「全身が塩になって？　いったいどうして……？」

医者は困った顔のまま、右手の中指で下唇をしきりにこすって、

「人間のからだは主に、水素・酸素・炭素・窒素・リン・硫黄《いおう》から成っています。ええと、一説によると原子が、いや、それがなぜ、塩化ナトリウムになるのか――」

看護師がさえぎるように言う。

「まだ、誰にもわからないのよ。世界でも指で数えられるほどしか例がない、珍しい病気だから。原因がわからない病気は、世界にいくつもあるの」

「じゃあ、治らないんですか……？」

しん、と沈黙が降りた。医者は瞬きすらしなかった。眠ったふりをしている魚みたいに。

僕は母さんのいる、一階の病室へと戻った。

母さんは西向きの窓の外を見ていた。ちょうど、窓全体が額縁になるかのように、ハナミズキが花を咲かせているのだった。白い花を揺らした風が、窓からゆるやかに吹き込んでいた。午後三時のあたたかな陽射《ひざ》しが、母さんの色素のうすい髪を淡く染めていた。

母さんは僕に気がついて、振り返った。叱《しか》られるまえの女の子のような表情をしていた。僕はベッド横の丸椅子に腰掛け、膝《ひざ》のうえで拳を握りしめて、

「どうしてもっと早く教えてくれなかったの？」

怒った声が出た。どうやら僕は怒っていたらしかった。あまりに急なことで、混乱しすぎて、

自分の感情すらわからなくなっていたのだ。

「……ごめんね」

ただ一言、母さんは謝った。

僕をできるだけ傷つけないようにしたかったのだということくらい、わかっていた。繊細で、優しい人なのだ。美味《おい》しいものは自分で食べるより、僕に食べさせてあげたい。誰かを傷つけるくらいなら、自分が消えてしまいたい……そういう人だ。残酷なくらい優しいのだ。

「腕、見せて」

母さんは病衣の袖《そで》をまくった。僕は息をのんだ。

母さんの前腕部のなかほどから先は、失われていた。断面はクリスタルの群晶のようなもので覆われている。ベッドに触れている指に、ざらついた感覚があった。目を凝らすと、指先に白い粒がついていた。

塩の結晶……。

母さんは塩になってしまうんだ、とようやく実感がわいた。母さんは塩になって、やがて失われてしまうんだ。ベッドのうえのざらざらになってしまうんだ。ハナミズキの花を揺らす風が、どこかに運び去ってしまうんだ……。

僕は涙を流した。泣きながら、母さんのお腹に抱きつき、言った。

「痛いでしょう……お母さん、痛いでしょう……」

お腹から聞こえるくぐもった音で、母さんも泣いているのがわかった。首の後ろに、冷たい涙のしずくが落ちた。

「痛くないんだよ……痛くないんだよ……」

そう言って、母さんは何度か、からだをよじった。かなしい動きだった。

僕を抱きしめ返そうとして、手が届かない――

2

福島県郡山《こおりやま》市にある公立桜之下《さくらのした》小学校に、僕は通っていた。

校庭を取り囲むように桜の木が植えられており、毎年、春にはあざやかな花を咲かせ、地元の人々が花見に訪れるほどだった。

放課後、みんなが帰ってしまって静まり返った校庭を、ひとりで歩いた。青空を燃やすような桜のした、校庭をぐるぐると何周もした。花の色も、ウグイスの声も、うわのそらの心には入ってこなかった。日向と木陰のだんだらの明暗や、そのわずかな匂《にお》いの違いなんかが、遠い記憶のようにほのめいただけだった。

何周した頃だろうか。ふと、音楽が聞こえはじめた。

ピアノの音色――

いま演奏が始まったのかもしれないし、ずっと前から続いていたものにようやく気がついたのかもしれなかった。抜けるような青空を背景に、校舎の壁が白く光っている。僕は三階の音楽室の窓を見上げた。風に吹かれて桜の花びらがひらりひらりと舞っている。

とても美しい演奏だと、僕は思った。生まれて初めて、音楽を美しいと感じた。まるで、目や耳に詰まっていた泥がいっぺんに落ちたみたいに、世界があざやかに感じられた。

燃え立つような桜のざわめき、青空に音が吸いこまれていく切ない感じ、ひらひら落ちる花びらの速さ……そういうものに隠された何かがおびき出されて、ピアノの音色と軽やかにひびきあっているような気がした。

僕はしびれたみたいに、しばらくぼんやりと立っていた。

やがて、音楽室へと向かった。昇降口にまわり、上履きにはきかえ、陽《ひ》にじんわりと温まった階段をのぼる。不思議なくらい、人影がなかった。まるでにぎやかな海が、ふっと空っぽになってしまったみたいに。

薄暗い廊下を渡り、音楽室のまえに立った。スライド式ドアの小窓には、真っ黒な遮光カーテンがかかっていた。

扉に手をかけ――ためらった。僕は招かれざる客だ。しかし、どうしても、だれが演奏をしているのか知りたかった。音を立てないよう、扉をそっと開いた。

グランドピアノが左手奥にあり、演奏者はちょうど陰になって見えなかった。ただ、細い脚がペダルを踏むのだけが見えた。そちらへそろりそろりと足を進める――。曲はちょうど盛り上がる部分で、なんだかちょっと不穏な感じだった。

再び曲調がゆるやかになったとき、演奏者が見えた。

一瞬にして、目を奪われた。

美しい少女だった。

眉《まゆ》のあたりで切り揃《そろ》えられた前髪のした、長いまつげを夢見るようにふせ、演奏に没頭している。桜の香りをふくむ風が、つややかな長い黒髪をゆらしていた。窓から差しこむ淡いひかりは真っ白い肌を透きとおって、ただ桜色の唇《くちびる》だけが、ちいさな真珠《しんじゅ》をすべらせている。華《きゃ》奢《しゃ》なからだに、あざやかな空色のワンピース――まるで、春空の切れ端が気まぐれに降りてきたみたいだと思った。

――風がやむかのように、演奏は終わった。

陽《ひ》だまりの時間が流れた。ウグイスの声がふたたび聞こえだした。

少女は、はっと目を開けて、こちらを見た。アーモンドのかたちをした大きな目――ぱっ、とふたつの炎がともったような、ふたつの花が咲いたような、鮮烈な目だった。

時が止まったようだった。どれほどの時間、見つめあっていただろうか。

「すごく、良かった」

我に返って、僕は言った。それしか言葉が見つからなかった。

「……ありがとう」

少女はすこし戸惑ったように言い、やがて、ふっと微笑《ほほえ》んだ。僕は微笑み返した。彼女は椅《い》子《す》からわずかに身を乗り出し、言った。

「きみのこと、見てた。変なひとがいるな、って」

「変なひと?」

「校庭をぐるぐる回ってたでしょ?」

僕は苦笑いした。頰《ほお》がすこし熱くなって、ごまかすように言う。

「道に迷ってたんだ」

「ずいぶんと方向音痴なんだね」

少女はくすくすとおかしそうに笑った。笑うと大きな目が細くなって、ぷっくりとした涙袋が可愛《かわい》らしい。彼女はがぜん興味がわいたらしく、身を乗り出して訊《き》く。

「ねえ、本当は何やってたの? ポケットに何か集めてたでしょ?」

好奇心にきらきらした瞳《ひとみ》に見つめられ、僕は観念して、言う。

「さきに言っておくけど、これには深いわけがあるんだ。だから笑わないでほしい」

「笑わない、笑わない」

どこか悪戯《いたずら》な笑みを浮かべ、少女は水を掬《すく》うときのように両手を差し出した。僕はため息をついて、歩み寄った。そして、ポケットのなかのものを、その手のひらに落とした。

雪のように白い手のひらに、はらはらと桜の花びらが舞った。

少女はきょとんとして、僕の目を見た。

3

その深いわけについて説明するためには、三歳の頃にまで時間を遡《さかのぼ》らなければならない。あのとき、僕の幼い柔らかい感性はくるりとねじれて、もう二度と戻らなくなってしまったのだ。まるで熱したガラスが変なかたちのまま冷えて固まってしまうみたいに。

きっかけは、父——三枝《さえぐさ》龍《りゅう》之介《のすけ》だった。

父は小説家だ。独特の感性が生み出す個性的な文体と突飛なストーリーラインで評価されている。『芥川《あくたがわ》龍之介』という偉大な先人とかぶるにもかかわらず、本名で活動する厚顔な男。息子に八雲《やくも》と名前をつけるあたりからも、傲岸不遜《ごうがんふそん》な人格が滲《にじ》み出ているように思われる。

ある日の夕暮れ、ふたりで阿武隈《あぶくま》川にそって散歩をしていたときのことだ。

「お父さんは、どうして片目が無いの？」

三歳の僕はそう尋ねた。すると、父は無精髭《ぶしょうひげ》をなで、うふふ、と妖《あや》しく嗤《わら》って言った。

「邪魔だったから、自分でくり抜いちまったんだよ。ズポッと」

「……目はどこにいったの？」

「自分で食べたんだ」

僕はぞっとして立ち止まり、叫んだ。

「そんなのウソだよ！」

すると、父は振り返って歩み寄り、目線の高さを合わせて言った。

「本当だよ、ボウズ」

そして、右目の黒い眼帯を、ぺらりとめくった。

ちいさい真っ黒な虚無が、ぽっかりと口を開けていた。

血のように真っ赤な夕陽《ゆうひ》は、すこしもその穴を照らさなかった。阿武隈《あぶくま》川のせせらぎも、川面におどる光も、その穴に吸い込まれて二度と帰ってこない気がした。

その瞬間、僕の柔らかい感性は、くるりとねじれた。

僕は、奇妙な痛みを感じた。眼球の失われた暗闇《くらやみ》に、痛みを感じたのだった。

右眼の『無い』ことが『痛い』――

傷口が痛いのではなく、そこにあるべきものが無いということ――つまりは『空白』が、僕に痛みをもたらすようになったのだった。例えば、持っていたゴジラの人形の尻尾《しっぽ》が折れたとき、その尻尾の失われた『空白』に痛みを感じて泣いてしまう、というふうに。

――それから数ヶ月後、僕はマンションの階段から転げ落ちた。

しばらく、二階と一階のあいだの踊り場にうずくまっていた。やがて、痛みをこらえて立ち上がり、三階の住まいまで自力でたどり着き、洗面所の鏡を覗《のぞ》きこんだ。左のこめかみがぱっくりと裂けて、血があふれ出していた。血を拭《ぬぐ》うと、骨が見えた。

しかし、僕は冷静だった。落ち着き払って傷口を指でつまみ、裂け目をぴったりと合わせた。

やっぱりだ、と思った。

僕はすこしも欠けていない。

裂け目はぴったりと合わさって、『空白』はどこにも存在しない。

それは僕にとって、本当の痛みではないような気がした。

絆創膏《ばんそうこう》を何枚も使って止血してしまうともう、ほっとして、テレビアニメを見始めた。こめかみはズキズキしていたけれど、どこか他人の痛みのように遠かった。

やがて、母さんが帰ってきて、悲鳴をあげた。こめかみの傷を見て、わっと泣きだしてしまった。なぜ母さんが泣いているのか、いまいちピンとこなかった。ただ、母さんが泣いているのが悲しくて、僕も泣いた。

母さんが泣いて、僕が困惑する——この構図は、母さんが塩化病にかかって、逆転した。

母さんの手足が失われた空白に、僕は激しい痛みを感じたのだ。

『痛いでしょう……お母さん、痛いでしょう……』

そして母さんは僕の痛みがわからないまま、ただ、僕が泣くことが悲しくて泣いたのだ。

『痛くないんだよ……痛くないんだよ……』

そう何度も言いながら、僕を抱きしめようとして、抱きしめられずに……。

この特殊な、不可思議な幻肢痛《げんしつう》のようなものを、僕は持て余した。

何しろそれは、元々は他人や存在しないものの痛みなのだ。それを心のなかに引き受けて、見えない傷口が痛いままどうしたら良いかわからなかった。特殊な傷口には特殊な包帯を巻く必要があったのだ。やがて僕は、その痛みを和らげる方法を見つけた。

それは、傷口を埋める何かを拾い集めることだった。なんでもいい。木の枝でも、綺麗《きれい》な石ころでも、ガラスの破片でも。

大事なのは、祈ることだ。拾い集めたものが、痛みの元となった傷口をちゃんと埋めてくれますように。痛みをちゃんと癒《い》やしてくれますように。そんなふうに、祈る。

母さんの手足が失われたことに激しい痛みを感じた僕は、その空白を埋めるものを探した。最初、教室を歩き回った。先生が黒板に書くときに使う、大きな三角定規はどうだろう？　いいやダメだ、それじゃあ母さんがガンダムみたいになってしまう。チョークは？　誰かが忘れていった筆入れは？　──そんなとき、校庭に咲く、満開の桜に気がついた。

涼やかな春空を背景に、桜の色は目に熱かった。風が吹くと、火の粉が舞うようだった。見上げた目を、そのまま足元へ向ける。木陰に落ちた花びらがぽつぽつと、遠山にともる野火のようだった。おそるおそる触れると、うらはらに、花びらはひやりと冷たい。手のひらにのせると、そのしずかで冷たい輪郭の内側から、じんわりと熱がにじみ出してくるようだった。

桜の花びらは、母さんの空白を埋めてくれるような気がした。風と一緒になって、新しい手足になってくれるような気がした。冷たい痛みを温めてくれるような気がした。

だから僕は、桜の花びらを集めた。校庭をぐるぐると回って、一枚一枚、すこしずつ。

母さんがわずかでも癒やされるように祈りながら、歩き続け、集め続けた。

4

僕はピアノのすぐそばの机に腰掛け、ずっと、自分の組んだ手を見つめていた。ナイーブな子供だったから、自分のことについて話すのに羞恥心《しゅうち》があったのだ。

語り終え、ようやく顔をあげた。少女は、顔をふせていた。一瞬、その頬《ほお》に光るものが流れた気がした。泣いている――？

しかし少女はすぐに顔をこすって、まっすぐに僕を見た。すこし目が赤いような気もしたけれど、本当に涙を流したかどうかは結局、わからなかった。

「きみは――変だね。空白に痛みを感じるのは特に変だけれど、それ以外の感性も、不思議。普通の子は、桜の花が炎みたいだなんて感じないもの」

『変』と言われて、体が熱くなった。普通と違うことが恥ずかしい年頃だった。そんな僕を見て、少女は慌てて言った。

「あ、でも、わたしはわかるよ。情熱的な花──例えば、真っ赤な薔薇《ばら》とか、ブーゲンビリアとかをピアノで表現しようとしたら、炎みたいに弾くから。だからきみは、普通の人より感覚が鋭いんじゃないかな？　わたしが絶対音感を持っているみたいに」

「きみ、絶対音感を持ってるの？」

僕は立ち上がって、ピアノと反対側の壁際に並べてあるギターのところへ行った。そして、ラの音を出した。ドレミファソラシドの音の出し方だけ知っていたのだ。

「この音が何か、わかる？」

少女は微笑《ほほえ》んだ。

「『ラ』。ちょっとだけ『ソ♯』寄りかも。絶対音感と言っても、どうしてか『ラ』の周辺だけはちょっと感覚が曖昧《あいまい》なんだよね。『ラ』に引っ張られちゃう」

「へえ、すごいなあ！」

「ねえ、きみはわたしの演奏を聞いて、どう思った？」

「すごく良かったよ」

「そうじゃなくて、きみの普通と違う言葉で、どう思ったの？」

しばらく、考えた。少女の吸いこまれそうな瞳《ひとみ》と見つめあったまま。そして、言った。

「……痛みをぜんぜん感じなかった。音のひとつひとつがすごくきれいで、ちゃんとふさわしい場所にあるような気がした。まるで最初からそうなることが決まってたみたいな……こういうの、なんていうんだっけ？」

「……運命？」

「そう。まるで、運命が鳴っているみたいだった」

「まるで、運命が鳴っているみたい……」

少女はすこし驚いたような表情で、繰り返した。まるで、暗闇《くらやみ》のなかで拾ったものを手のひらで転がして、その正体を探ろうとするかのように。

ふいに、ぱあっと花が咲くように、少女は笑顔になった。

そして、すこし恥ずかしそうにして、言った。

「わたし、五十嵐揺月《いがらしゆづき》。揺れる月と書いて、ゆづき。きみの名前は？」

「三枝八雲《さえぐさやくも》。八つの雲と書いて、やくも。——さっきの曲の名前は？」

「『別れの曲』。フレデリック・ショパン作曲」

それが、僕と揺月の出会いだった。

5

明日も会う約束をして揺月と別れると、母さんが入院している佐藤《さとう》総合病院へと向かった。

四十分ほど自転車を走らせ、着いた頃には、時刻は午後五時。夕暮れが病院の白い壁をオレンジに染めあげていた。駐輪場に自転車を停《と》め、自動ドアをくぐる。病院特有の消毒のにおいが鼻をついた。受付をすませ、母さんのいる１０８号室へ——

入り口にかけた手が、凍りついた。病室から、話し声が聞こえたのだ。

スライド式ドアをうすく開き、隙間《すきま》から覗《のぞ》いた。

〝影〟が、夕暮れの病室のなかに、立っていた。

父、三枝《さえぐさ》龍《りゅう》之介《のすけ》——。僕が五歳のときに母さんと離婚してから、彼は僕にとって、影になった。ひょろりとのっぽで、背の曲がった、頼りない影……。

彼がいつも黒い服を着ていたこともあるかもしれない。けれどやっぱりそうなった決定的な理由は、彼が家からいなくなっても、あまり痛みを感じなかったことだった。人がひとり消えたにもかかわらず、じんわりとした痛痒があるばかりだったのだ。それで、最初から彼は影だったんだ、と僕は思った。

実体を持たない、ぼんやりとした影。

阿武隈《あぶくま》川のほとりで見せた右目の虚無だけが、僕にとってのリアルだった。

夜が来て影がどこかに行ってしまうまで、僕は片隅に身を潜めていた。会いたくなかったのだ。得体の知れない影に対してかけるべき言葉を、僕は持たなかった。

6

翌日、授業中ずっと、僕はぼんやりとしていた。

母さんの病気のことを思うと悲しくてたまらず、放課後に会うことになっている揺月《ゆづき》のことを思うとドキドキして落ち着かなかった。時間は一方で母さんの寿命を奪い、一方で僕と揺月を引き合わせてくれる。矛盾した感情のはざまで、勉強に集中できるわけもなかった。

休み時間になると、うしろの席の清水《しみず》に訊《き》いた。

「なあ、３組の五十嵐《いがらし》揺月って知ってる？」

すると、清水はきょとんとした。訊く相手を間違えたかな、と思った。清水は昔から体が大きくて、おっとりしていて、情報通とは程遠いやつだった。彼は心底驚いた様子で、

「やっちゃん、五十嵐さんのこと知らないの？　本当に？」

どうやら、世情に疎《うと》いのは僕のほうだったらしい。揺月はかなりの有名人だった。二歳の頃からピアノを始め、七歳のときにショパン国際ピアノコンクール in ASIAの小学一・二年生部門で金賞第一位、翌年、同コンクールにてコンチェルトA部門金賞第一位を史上最年少で受賞――早い話が、ピアノの天才だった。将来は間違いなく世界的なピアニストになるだろうと期待されていた。もちろん、自分が打ったホームランの数も憶《おぼ》えていないような清水だから、このときは「何かスゴイ賞をもらったらしいよ」くらいのことしかわからなかった。

僕は驚くと同時に、どこかやっぱりなと納得してもいた。それくらい揺月の演奏は圧倒的に

凄《すご》かった。素人の僕が聴いてもわかるくらいに。

頭のなかに、揺月《ゆづき》の勝手なイメージが組み立てられた。『深窓の令嬢』である。白亜《はくあ》の洋館に住み、開け放たれた窓の向こうでポロンポロンとピアノを鳴らし、たまにごほごほと咳《せき》をする。病弱で上品なお嬢さま。

そんな頭の悪いステレオタイプな妄想が粉々に打ち砕かれたのは、昼休みのことだった。

清水《しみず》たちと校庭でドッジボールをしていると、ふいに、揺月が現れたのである。彼女は3組の女子たちを背後にぞろぞろと引き連れ、堂々と校庭を横断していった。眉間《みけん》にしわを寄せ、これから殴り込みにでも行くかのような雰囲気である。

あぜんとして見ていると、女子連合はサッカーに興じていた3組の男子連中の前で止まった。彼らの中心でぽかんとしていたのは、坂本《さかもと》だった。運動神経の良い、ガキ大将格の少年である。

揺月は一歩前に進み出て、坂本に向かって言った。

「あんた、こよちゃんのことをいじめるのやめなさいよ」

坂本は目を見開き、揺月の背後に隠れている小林 暦《こばやしこよみ》を見た。小柄で可愛《かわい》らしい女の子である。彼女はスカートの裾《すそ》を握りしめ、うつむいていた。坂本は顔をこわばらせ、言う。

「はあ？　なんでこんなやつ、オレがいじめなきゃなんねーんだよ……」

いまいち張りのない声であった。揺月が凛《りん》と通る声で言う。

「あんた、こよちゃんのこと好きなんでしょう！」

坂本は、「げえっ！」という顔をした。小林も顔を真っ赤にし、口をあわあわさせる。もはや彼女たちは校庭中の注目の的になっていた。坂本はわかりやすく怒鳴った。

「……ふっ、ふざけんな、こんなブス、好きじゃねーよ！」

すると小林はみるみる目に涙を溜《た》め、しくしく泣きだした。揺月はキッと眉《まゆ》を怒らせて、

「ちょっと、あんた、こよちゃんに謝んなさいよ！」

「はあ？　なんでオレが……痛だだだだだっ！」

揺月は坂本の鼻を右手で掴《つか》み、ひねり上げていた。ピアニストの握力を舐《な》めてはいけない。坂本は悲鳴をあげながら両手で揺月の右腕を掴み、もがいた。ひょっとしたら坂本の両足はこのまま地面から離れるんじゃないかと思った。それくらい揺月には異様な迫力があった。

「男のくせに、ダサいことしてんな！」

そのとき、騒ぎを聞きつけた教師がやってきた。彼は場を収め、面々を連行していった。

「五十嵐《いがらし》さん、怖いなあ……」

清水はぶるりと体を震わせて、そう呟《つぶや》いた。

この一件で、揺月に対する『深窓の令嬢』のイメージは粉々に砕け散った。

『天才ピアニスト』にして『アマゾネス』――それが揺月の新しいイメージだった。

7

放課後、約束の時間に、音楽室へと向かった。

美しいピアノの音色が聞こえていた。とても力強く、繊細な音色――。それが坂本《さかもと》の鼻をひねり上げたのと同じ指からつむぎ出されているのかと思うと、不思議な気持ちになった。

音楽室に入っても、揺月《ゆづき》は気がつかなかった。演奏に集中しきっているのだ。

僕は椅子《いす》を持ってきて座り、ピアノを弾くすがたを眺めた。目をほとんど閉じて耳を澄まし、一音一音に感情を込めるさまは、どこか祈りを捧げているようにも見えた。

演奏が終わり、最後の余韻が消えてしまうと、僕は拍手した。揺月はわっと驚いた。

「来てたなら、声かけてよ!」

「邪魔しちゃ悪いかと思って」

もう……と言って、揺月は頬《ほお》を桜色にした。そのさまはいかにも可憐《かれん》で、深窓の令嬢とアマゾネスのどちらが本性なのか、またわからなくなった。

揺月はピアノの蓋《ふた》を閉じると、唐突に言った。「じゃあ、行こうっか」

「どこへ?」

「わたしの家」

どうしてそうなったのかよくわからず、首が15度ほど傾いたままの僕を、揺月はかまわずぐいぐい引っ張って歩いた。学校を出て三分ほど経って、ようやく揺月は言った。

「今日、揉《も》め事《ごと》があったから、学校だとあんまり集中できないから……」

僕は傾いたままの頭で考えて、言う。

「揉め事というか一方的にやっつけただけだし、さっきもすごく集中してたじゃん」

「見てたの——？」揺月は恥ずかしそうに唇《くちびる》を尖《とが》らせた。そして、言い訳するように、

「わたし、ああいうやつ、大嫌いなんだもん。なんていうか、面倒臭いじゃない？」

「人間なんて、みんな面倒臭いと思うけれど」

すると、揺月はこちらを見て、なんだか苦そうな顔をした。なんだ、その顔は……。

とても良い天気だった。僕らの住んでいた桜之下《さくらのした》はニュータウンで、庭先がきれいな家が多かった。すみれ、つつじ、ライラック……春の花がいたるところに咲き乱れていた。

道中ふいに、わんわんと犬の吠《ほ》える声がした。すると、揺月はうっと唸《うな》って、僕と立ち位置を入れ替えた。見れば、玄関先の犬小屋に、ゴールデンレトリバーがつながれている。尻尾《しっぽ》を激しく振りながら、揺月に向かって吠えている。

「あの犬に嫌われてるの？」

「ううん。わたしのこと大好きすぎて、嬉《うれ》しさのあまりおしっこかけてくるから」

揺月は僕を盾にして、胴に抱きつくような格好で、犬の頭をなでた。

揺月が近いやら今にもおしっこをかけられるんじゃないかと怯《おび》えるやらで、よくわからないドキドキを味わうはめになった。

8

揺月《ゆづき》の家は、周囲のものよりもずっと大きかった。高い塀と生垣に囲まれていて、外からはあまり見えないようになっている。

瀟洒《しょうしゃ》な両開きの門を抜けると、よく手入れされた庭があった。隅に『七人のこびと』の人形と住処《すみか》があり、白雪姫のために彼らが夜な夜《よ よ》な庭を整えているといった風情である。植物園風の大きなテラスには、ちょうど西日を和らげるような位置に、まだ開き切らない白い藤《ふじ》の花がすだれのようにかかっていた。

家のなかに入った。窓の大きい家だった。

グリム童話風の置物が趣味良く配置されていた。美女と野獣の薔薇《ばら》や、シンデレラの時計、赤ずきんがおばあさんのお見舞いに持っていく籠《かご》……。

ピアノは家の西側の、防音室にあった。大きなガラス扉で区切られた十畳ほどの部屋で、大きな二重窓から燦々《さんさん》と日が差し込んでいた。

揺月はマウリツィオ・ポリーニのCDをプレイヤーにセットした。スピーカーのうえにはブレーメンの音楽隊のオブジェがちょこんと載っていた。

ショパンの『舟歌』の演奏が流れた。——曲が終わると、揺月はきいた。

「どうだった？」

「びっくりするほどきれいだった」

そう答えると、揺月は満足そうに頷《うなず》いた。そして、スタインウェイのピアノの前に腰掛けた。ピアノにはアンパンマンのぬいぐるみが載っていた。ずいぶん場違いな、幼い趣味だな、と思った。揺月は『舟歌』を弾き始めた。

改めて、揺月のピアノはとても美しいと思った。一音一音が澄み切って、光の粒のようなのだ。ヴェネチアの水路にたゆたう光の粒が、いつのまにか花のかたちになってくるくると、匂《にお》やかに流れてゆくような、どこか可愛《かわい》らしい『舟歌』だった。

そんなことを、拙《つたな》い言葉でどうにか伝えた。すると、揺月は「ありがとう」と言ったが、それほど嬉《うれ》しそうではなく、

「そうじゃなくて、ポリーニの演奏と比べて、どう？」

ポリーニといえば、世界最高のピアニストの一人である。完璧《かんぺき》な演奏で知られ、１９７２年に発売された『ショパン：12の練習曲 作品10／作品25』のレコードには、『これ以上何をお望みですか？』というキャッチコピーがついたほどだ。

そんな巨匠と自分の演奏を比較しろと言うのだから、末恐ろしい。もちろんこのときの僕はそんなことはまるで知らず、軽々しいくらいに率直な意見をのべた。

「……なんだか、平べったい感じ？　舟があって水面があるけど、そのしたがない感じかな？」

なんともまあ、観念的で曖昧《あいまい》な意見である。しかし、揺月《ゆづき》は納得したように頷《うなず》いた。

「やっぱり、そうだよね。小さく纏《まと》まりすぎてる。もっと円熟味と幽玄《ゆうげん》さがほしい」

「え、エンジュクミとユウゲンサね……」

小学三年生とはとても思われない感性である。

「やっぱり、『舟歌』をうまく弾くためには、人生経験が足りないのよね。この曲は『三回失恋しないとうまく弾けない』なんて言われるくらいだから。はあ、早く失恋がしたい」

僕は思わず、くすりと笑ってしまった。

「僕も変かもしれないけれど、きみも相当だね」

「真剣に悩んでるんですけど」

そのときだった。ふいに、ガラス扉の向こうに、三十代前半くらいの女性が現れた。防音室だから、外の音に全然気がつかなかったのだ。

「あ、お母さん、帰ってきちゃった……」

僕は改めてその女性を観察した。丸いサングラス、ゆるくウェーブがかかった長い髪は派手な茶色、黄色いニットの上着に、濃紺のスカートを合わせていた。とてもスタイルが良く、いま思えばどことなくミラノ風の洒落《しゃれ》た雰囲気があった。五十嵐蘭子《いがらしらんこ》――それが彼女の名前だった。プロピアニストだと、清水《しみず》に聞いていた。サングラスを取ると、美貌《びぼう》が現れた。たしかに揺月と似ている。しかし、険のある、どこか刺々《とげとげ》しい美しさだった。彼女は何か邪魔なものでも見るように僕を一瞥《いちべつ》すると、スタスタと別の部屋に歩いていってしまった。僕は何かまずいことでもしてしまったのではないかと困惑した。

「ごめんね――」揺月は申し訳なさそうに言った。「お母さん、性格きついから。これからレッスンだから、今日はもうバイバイしよ」

僕は頷き、玄関で靴を履いた。見送ってくれる揺月に、じゃあ、と言ったとき、背後に蘭子さんが見えた。「お邪魔しました」と言うと、彼女は一言、「はい」と返した。そして、手をぞんざいに振った。シッシッと追い払うみたいに。

9

母さんはだんだんと塩に変わっていった。まるで砂時計のような変化だった。砂が刻《とき》とともに流れ落ちて戻らないように、母さんも少しずつ消え去って戻らなかった。

この頃の僕は、目が覚めるといつも、泣いていた。何か虚《むな》しくておそろしい夢を見て、悲しくて泣いてしまっていたのだった。

病院の面会の時間が終わって、帰らなければならなくなると、僕は母さんにしがみついて赤ん坊のように泣いた。暗い部屋にひとりきりで帰りたくなかったし、母さんを暗い病室に置き去りにしたくなかった。母さんはそんなときいつも、僕の背をなでて、言い続けた。

「大丈夫……大丈夫……大丈夫……」

僕は母さんのために花を集め続けた。大雨が降って桜が散ってしまうと、名も知らない野花をつんだ。野花は、つむと無くなってしまう。登下校の道や、家の周辺の花が消えたその空白に、なんとも言えない罪悪感と痛みをおぼえて、辛《つら》かった。それでも自分のなかのより大きな痛みを埋めるため、続けざるを得なかった。

僕は揺月《ゆづき》のピアノを聴き、参考になるのかわからない意見をのべた。揺月はかわりに、僕の話を聴いてくれた。──母さんの話。僕は揺月に母さんとの思い出を話すと、母さんを失ってゆく痛みがわずかに癒《い》やされるのを感じていた。揺月が憶《おぼ》えていてくれるということが、失われてゆく母さんを補完してくれるような気がした。

あるとき、野花をつむことに罪悪感をおぼえていることを話すと、揺月はびっくりして、

「きみはすこし、優しすぎるんじゃないかな?」

そして、僕の手を引いて、五十嵐《いがらし》家の裏手へと導いた。

ゆるやかなのぼり坂の、細い獣道を抜ける。

空がひらけ──僕は思わず、あっと声をあげた。

いちだんと低い、ちいさな盆地のような草原に、色とりどりの野花が咲き乱れていたのだった。その色が決して混じり合わないあざやかな水になって、心を満たしてくれるような、なんとも言えずあたたかい気持ちになった。

「これからはここで花をつむといいよ――」揺月はやさしく微笑《ほほえ》んで言った。「きみが幾らつんだって、花は無くなることはないんだよ。きみが思うより、世界があたえてくれる愛はずっと大きいし、花はずっと強いんだから。バケツを海の水で簡単にいっぱいにできるのと同じ。きみひとりの心くらい、満たしたってどうってことないんだよ。満ち足りないのは、バケツに穴があいてしまっている人だけ」

そう言って貰《もら》えて、いっぺんに救われたような気がした。僕は花をつんでもいいのだ。悲しみを花で埋めてもいいのだ。世界の力強さはそれを赦《ゆる》してくれるのだ。

そんなことが、理屈じゃなく確信として、心のなかにすうっと入ってきた。

当たり前すぎて誰も言葉にしてくれないことを、揺月はあっという間に教えてくれたのだった。僕はそんな揺月に、深い愛情のような、尊敬のような気持ちを抱いた。

10

悲しくて幸せな日々が過ぎていった。

学校で勉強し、帰り道うれしすぎておしっこをかけてくる犬から揺月を守る盾になり、揺月のピアノを聴き、揺月に母さんの話を聴いてもらう。揺月の家の裏で花をつみ、母さんの病室の花瓶に生ける。そして悲しくて泣きながら帰る。

母さんについての話を、揺月《ゆづき》はとても楽しそうに、羨《うらや》ましそうに聴いた。

「いいなあ、そんなお母さん、わたしもほしい」

「お母さんいるじゃん、美人なピアニストの」

そのときの揺月の顔を、僕はきっと永遠に忘れられない。唇《くちびる》にうっすらと笑みを浮かべているのに、目は困惑したように、傷ついたように開かれていた。それはどうしようもなくさみしい、迷子のような、ひとりぼっちの女の子の顔だった。

この表情の意味に気がついたのは、もっとあとのことだった。

ある休日、五十嵐《いがらし》家の近くを通りがかったとき、ふと、揺月は何をしているのだろう、と思った。そういえばこれまで休日に会ったことは一度もなかった。

そこで五十嵐家に立ち寄り、ドアチャイムを押した。返事は、なかった。

最初、留守なのだと思い、やがて、ひょっとしたら防音室にいるのかもしれないと思った。あそこはチャイムが聞こえない。そこで、家の裏側に回り、二重窓から防音室を覗《のぞ》き込んだ。

揺月と、蘭子《らんこ》さんがいた。

すぐに、見てはいけないものを見てしまったのだとわかった。

蘭子さんは顔を真っ赤にして、鬼のような形相で怒鳴りまくっていた。容赦なく平手が飛んだ。バシンと揺月の頭が叩《たた》かれ、黒い髪がぶわりと乱れる。細い肩が震えている。

僕は目を開けたまま、石になった。

揺月は涙を拭《ふ》いて、またピアノを弾き始める。丸まった背をびくびくさせて。蘭子さんが怒鳴る。平手が飛ぶ。「なんでできないの！」――繰り返しだ。僕にはすべての音が聞こえるような気がした。いつも同じところで立ち止まるピアノの音も、バシンという平手の音も、怒鳴り声も、すすり泣く声も、強迫的なメトロノームの音も。

ピアノのうえに置かれたアンパンマンの笑い顔が、いまにも泣きだしそうに見えた。

そのとき、玄関の扉が、ガチャリと開く音がした。

揺月のお父さんだ、と僕は思った。たぶん二階にいて、さっき鳴らしたチャイムにようやく反応したのだ。僕は別の窓からリビングをこっそりと覗《のぞ》いた。予想通り、眼鏡《めがね》をかけた、やや中年太りした優しそうな男性――五十嵐宗助《そうすけ》さんが立っていた。彼は新聞を片手に、防音室のほうを見て、何か言いたげに立っていた。視線の先では、蘭子さんの虐待めいたレッスンが行われているはずだ。

そんなことはやめろ、と言ってほしかった。

暴力を振るうな、泣かせるな、ピアノを嫌いにさせるな、と。

しかし、宗助さんはそうしなかった。どこか諦めたような顔をして、背をしょんぼりとさせて、二階へのぼっていってしまった。僕はとても絶望的な気持ちになった。心臓が冷たい灰色になってしまったようだった。僕は何もできず、五十嵐家を離れ、歩きまわった。

『いいなあ、そんなお母さん、わたしもほしい――』

その言葉の意味が、ようやくわかった。揺月《ゆづき》はもっと蘭子《らんこ》さんに優しくされたかったのだ。過剰な期待をかけるのではなく。ピアノが上手に弾けなくても、優しく受け入れて、愛情をそそいでほしかったのだ。

ようやく、揺月の本質を見た気がした。それは深窓の令嬢でもなければアマゾネスでもない。いつも同じところで立ち止まっては消えてゆく、あの悲しいピアノの一音だ――

ふと、いつものゴールデンレトリバーが、僕を見て、尻尾《しっぽ》を振っていることに気がついた。僕は何気なく近づいていって、頭をなでてやった。すると、めちゃくちゃに喜んで、僕の服をおしっこでびしょびしょにしてしまった。

「僕のことも大好きになっちゃったのか、お前――」

苦笑いしてそうつぶやいた瞬間、涙があふれて止まらなくなった。

揺月がどうしていつもおしっこを引っ掛けられそうになりながらもこの犬をなでていたのか、わかったからだ。――揺月もこの犬が大好きだったのだ。ピアノを弾かなくても、ただ会いに行くだけでおしっこを漏らしてしまうくらい喜んでくれるのが、嬉《うれ》しかったのだ。裏表のない純粋な愛情に救われていたのだ。

そんなさみしい揺月を思うと、泣かずにはいられなかった。

おしっこは冷たいやら臭いやら、けれどそれが嬉しいやらで、どうしようもなかった。

僕は犬を抱きしめて、わんわん泣いた。

犬は新しいおしっこをガンガンかけながら、涙をぺろぺろ舐《な》めてくれる。
その犬の名前は、メロディーといった。

二章 Chapter.2

1

朝早くに電話があった。

母さんが亡くなったという電話だった。

8月2日——夏休みの真《ま》っ只中《ただなか》だった。その日は溶けるほど暑くなった。真っ青な空に分厚い入道雲が折り重なって、まるで安達太良《あだたら》山の向こうに巨大な爆弾でも落ちたみたいだった。音もなく終わった世界に、蝉《せみ》の声が響いている……そんなふうに思う、空っぽの僕の心だった。

心は空転していても、からから回る車輪はちゃんと地面をつかんでいて、僕はいつの間にか病院に着いていた。自転車を駐輪場に停《と》め、汗でびしょびしょのTシャツをぱたぱたやりながら、涼しい院内に入って、受付に行く。

そこからは正直、記憶が曖昧《あいまい》だ。いつもの受付の人がどんな顔をしたのか憶《おぼ》えていない。あっと目を見開いたのかもしれないし、意外に平然としている僕に困惑したのかもしれない。

気がつくと、霊安室で面会していた。

『面会』という言葉を使うのは、とても不自然な気がする。母さんはすでに、人のかたちをしていなかったから。細長い霊安室のベッドに、ぽつんと大きな玉のようなガラスの花瓶が置いてあって、なかに真っ白な塩がつまっていた。僕がつんだ花を挿していた花瓶だった。母さんはおそらく、塩になった自分のために用意していたものを、いきなり僕が花を持って来たものだから、急遽《きゅうきょ》、花瓶として使ってくれたのだ。それくらい優しい人だったから。

母さんは真夜中に眠るように息を引き取り、それから一晩で完全に塩になったらしい。命を失ってからは、塩化は急激に進行するのだ。

僕は花瓶を前にしてようやく、『ああ、母さんは死んでしまったのだ』と思った。それまではどこか信じられない気持ちがあった。ひょっとしたら嘘《うそ》や冗談かもしれない。手品師がカーテンを開けると、手足を取り戻した母さんが悪戯《いたずら》な笑みを浮かべている可能性もある。

僕は子供だったのだ。

母さんの死が耐えられない痛みになって胸をつらぬいた。ひやりと冷たい花瓶を抱いて、壊れるほど泣いた。でも同時に、良かった、良かった、と思った。

母さんが苦しみから解放されて、良かった。

塩化病は進行すると、やがて体内が塩になり始める。内臓を包んでいる膜が塩になり、内臓同士が擦《こす》れ、凄《すさ》まじい痛みが走るのだ。すこしでも動くと痛い痛いと歯を食い縛るようになって、最期はモルヒネを使っていた。

そんなに苦しいのに、母さんは死にたくないと言った。僕をひとり置いて行きたくないと。

それが申し訳なくて辛《つら》かった。僕のせいで母さんを苦しめているようで消え入りたかった。

母さんの魂が痛みのない、あたたかい陽《ひ》だまりのような場所にあることを願った。猫たちが自然に集まってきて、ぐうたらごろんと日向ぼっこを始めてしまうような。とてもしっくりとくる寝椅子《いす》があって、すぐそばにオレンジの実がなっている。世界一おもしろい小説がいつも手の届く場所にある。とても気持ちの良い風が吹く――

そんな、光に満ちた場所で、母さんの魂は救われていてほしかった。

2

母さんには親族が全然いなかったから、父さんがやってきて、こぢんまりとした自宅葬をした。祭壇の前でお坊さんが読経《どきょう》した。ふと隣を見ると、父さんが泣いていた。片方しかない目から、涙をこぼしていた。僕は複雑な気持ちになった。

さんざん母さんを苦しめたくせに、今さら泣いてんじゃねーよ、と。

けれどその涙が本当に悲しそうで、そこには愛があるような気がして、なんだか赦《ゆる》してしまいそうになって、慌てて理性でフタをしたのだった。

葬式が済むと、父さんが運転する黒のメルセデスに乗り、いわき市へと向かった。

影との二人旅だった。父さんは掴《つか》みどころのない話ばかりした。

「なぜ外人が背の高いやつばかりか、知っているか?」

僕は窓の外を行き過ぎる景色をぼんやりと眺めていた。父さんは構わず続ける。

「それは、顔の彫りが深いからなんだ」

僕は思わず「はあ？」と言ってしまった。まんまと釣り針にかかってしまったのである。

「なんで、彫りが深いと身長が高くなるのさ？」

父さんはニヤリと笑う。

「彫りが深いと、額《ひたい》の骨のせいで、どうしてもうえが見難《にく》くなるだろう？　すると頭上からの攻撃に弱くなる。身長が高いと、敵をうえから攻撃しやすくなり、うえから攻撃されにくくなる。つまり、生存確率が上がる。やがて自然淘汰《とうた》で、身長の高いやつが生き残るというわけだ」

「へえ……そうだったのか……」

僕は素直に驚いた。するとまた父さんはニヤリと笑って、

「そんなわけないだろう、ボウズ」

僕はひどく腹を立てたけれど、感情を表すこと自体が負けな気がして、黙り込んだ。

――やがて、海が見えた。

車をおりると、郡山《こおりやま》市より涼しかった。いくらか穏やかな夏の暑気のなか、海はきらきらと優しい光を放っていた。人目につかない波止場の先っぽまで行き、風呂敷《ふろしき》から母さんの塩を取り出した。

「遺灰は勝手に投棄できないんだ」父さんは言った。「でも塩ならまあ、いいだろう」

塩になったら海にまいてほしいというのが母さんの遺志だった。父さんと僕は手のひらに優

しく塩をとり、少しずつまいていった。やわらかい風が吹き、塩は宝石のように光った。そして、僕がつんだ花をまいた。花は落下傘のようにくるくると回りながら落ちた。色とりどりの蓮《はす》が水面に咲いたように鮮やかだった。やがて、波に運ばれていった。いつか、母さんのもとにまで届くといいと思った。母さんはきっと、新しい花瓶に飾ってくれるだろう。

僕と父さんはしばらく、ぼうっと眺めていた。他愛《たわい》もない、普通の親子がするような会話を、した気がする。

夕暮れになると、だんだん父さんはまた影に戻っていった。つかみどころのない、伸び縮みする、頼りない影……。影は、言った。

「これから一緒に暮らすか、ボウズ？」

僕の心は視線のさきの花のように揺れた。けれど僕にはまだ反発心があって、訊《き》いた。

「母さんと、なぜ離婚したの？」

父さんはしばらく黙って、言った。

「昔、どうして俺には右目がないのか、話しただろう。あれは、本当の話だ」

僕は息をのんだ。「一体、どうして……？」

「言っただろう、邪魔だったんだ。誰も信じちゃくれないが、あるときから自分の右目が邪魔で仕方なくなった。なぜなのかわからない。だが本当に、邪魔で邪魔でしょうがなかった。それで、自分でくり抜いちまった。死んだ両親に悪いと思ったから、それを自分で食った」

想像もしたくない話だ。僕はどこか現実が歪《ゆが》むような感覚にとらわれた。

「片目がなくなった途端、不思議なことに、文才が備わった。わからなかったことがわかるようになり、見えなかったものが見えるようになった。それで、小説家になったんだ」

僕はこの不可思議な話についてよく考えて、言った。

「それと、母さんと離婚したことと、なんの関係があるの？」

父さんは、少しためらって、言う。

「母さんのことは愛していた。……けれどあるとき、母さんまで邪魔で邪魔で仕方なくなってしまったんだ。それで小説がまるで書けなくなった。生活のために別れるしかなかった」

僕はあぜんとして、しばらくすべての感情を見失った。やがて、その空っぽの心の底から、ふつふつと、まるですこしずつ沸騰が始まるように、怒りがわきあがった。

「……あんた、おかしいんじゃないの？」

声が震えていた。父さんは声色を変えずに言う。

「……すまない。そうなんだ。欠陥人間なんだよ」

「……ふざけんな。母さんがどれだけ苦しんだと思ってるんだよ」

「本当に、申し訳ないと思っている。けれど、足りないなりに努力したんだ」

「努力の問題じゃない。……お前なんか……お前なんか……地獄に落ちろ」

父さんは傷ついたような顔をした。僕は母さんの花瓶をひっつかみ、陸のほうへ歩いていった。そのまま、郡山《こおりやま》を目指して歩き続けた。夜になると、ひとりぼっちで泣きながら歩いた。胸に抱《かか》えた大きな花瓶のなかの空白がズキズキと痛み続けていた。もう一歩も進めなくなると、バス停のベンチで夜を明かした。翌朝、雀《すずめ》の声で目を覚まし、また泣きながら歩いた。

結局、マンションに着いたのは、その日の夜だった。二十時間以上も歩いたのだった。

3

気温はとても高いのに、凍えるほど寒い夏だったという記憶がある。

母さんが永遠にいなくなった部屋の空白が、ひどい痛みとなって僕を苛《さいな》んだ。日々それなりにこなしていた家事や、あらゆる活動が完全にストップしてしまった。痛みを抑えるために花をつみに行かなければならなかった。けれど、全く動けなくなってしまっていた。

熱が出ているのに少しも汗をかかず、ぶるぶる震えながら毛布にくるまっていた。そこから一歩も動けなかった。たまに雪だるまがとけだすように涙があふれた。もう悲しいのかもわからなくなっていた。すこしの物音にもおびえ、頭のなかがぐちゃぐちゃになった。

何も食べず、何も飲まず、五日ほどそうしていたと思う。あのままだったら、僕は死んでいたかもしれない。まるで蝋燭《ろうそく》がひとすじの煙をのこして燃え尽きてしまうみたいに。

しかし、そのとき、玄関のドアチャイムが鳴った。

僕は動けなかった。嵐《あらし》が過ぎ去るのを待つリスみたいに毛布に隠れ、客がどこかへ行ってしまうのを願った。しかし、客は粘り強くチャイムを押し続けた。

「八雲《やくも》くん、いるんでしょー！」

揺月《ゆづき》の声だった。僕は驚いてにわかに意識を取り戻し、ベッドから這《は》い出た。なんとか立ち上がると、ひどいめまいがした。からだのすべてが重たい粘土でできているみたいだった。声を出そうとしても、かすかに空気が喉《のど》を通り抜けるだけだった。

壁を伝って、なんとか玄関まで行き、鍵をあけた。すぐに、勢いよくドアが開いた。久々に目にする陽《ひ》のまぶしさに、目を細めた。揺月は僕を見て、あぜんとした。

「八雲くん……生きてる？」

それはひょっとしたら冗談だったのかもしれないけれど、笑う余裕が全くなかった。

揺月は何も聞かないまま一度どこかに行き、やがて両手に買い物袋をさげて戻ってきた。僕のためにプリンを買ってきてくれていた。空腹をとうに通り越して食欲がなかったが、無理やり口にすると、すこし気分が良くなった。どうやら低血糖になっていたらしかった。

揺月は台所に立っていた。ストトン・トトとリズミカルな包丁の音が聞こえてきた。それは時間が再び動き始める音のようだった。揺月はおかゆを作ってくれたのだった。三つ葉と、すりつぶした梅の色があざやかで、途端に食欲がわいてきた。

すっかり食べてしまうと、土鍋の底にひと掬《すく》いの涙がのこった。

4

母さんが死んだのだ、と揺月《ゆづき》に話した。

揺月は僕と一緒に泣いてくれた。一度でいいからお会いしたかった、と言って。

その日から、揺月は暇さえあればマンションに来てくれるようになった。部屋を掃除し、美味《おい》しい料理を作ってくれた。綺麗《きれい》な黒髪を頭のうしろでひとつにまとめ、真っ赤なエプロンをかけて家事をする揺月は、なんだか大人っぽくてドキドキした。エプロンの柄がアンパンマンであるところだけが、どこかアンバランスな子供っぽさだった。

「……どうして僕のためにそこまでしてくれるの？」

そう訊《き》くと、揺月はストトン・トトトと包丁を鳴らしながら、

「だって、わたしが面倒見なきゃ、八雲《やくも》くん死んじゃうでしょ？　金魚みたいに」

確かにそうかもしれない。金魚みたいかどうかは知らないけれど。と僕は思った。

揺月と一緒の、夏の日々が過ぎていった。

揺月が持ってくるＣＤをかけ、よくふたりで音楽を聴いた。

揺月のお気に入りは、田中希代子《たなかきよこ》というピアニストだった。１９５５年、第五回ショパン国際ピアノコンクールで日本人初の受賞者となった女性だ。第十位。このとき審査員だったミケ

ランジェリは順位に納得がいかず、アシュケナージの一位と田中希代子の二位を主張し、認定書のサインを拒否して退席してしまったという。

当時は録音技術も発達しておらず、記録媒体もレコードであったから、音質はお世辞にも良いとは言えなかった。しかし、田中希代子のピアノは驚くほど美しく聴こえた。赤ちゃんが思わず口に入れてしまいたくなるような、きれいでまろやかな音の粒だ。

「この人は、祈るように弾いている気がする――」揺月はそう言って、彼女のピアノを絶賛した。「まるで、我欲のない、澄み切った祈りが、そのまま鳴っているみたい」

僕はその言葉が、わかるようで、わからなくて、訊いた。

「『祈り』って、何かを『願う』ってことじゃないの？　『願う』ことは我欲と切り離せないから、『祈り』も我欲と切り離せないんじゃない？」

すると、揺月は意外そうに僕を見て、言った。

「きみは我欲と切り離された『祈り』をしてたじゃない」

「いつ？」

「お母さまのために、花を集めてた」

僕はハッとした――けれど、また思考がぐるりと余計に回って、

「あれは、僕のなかの痛みを消すためだよ。やっぱり、我欲だ」

「わたしはそうは思わない――」揺月はやさしい微笑《ほほえ》みを浮かべていた。「あれはやっぱり、

お母さまのためでもあったと思う。例えば、あのまま千年祈り続けていたら、八雲《やくも》くんのからだは塵《ちり》になってしまっていたでしょう？　我も欲もない塵に。けれど、八雲くんの強い祈りは、もう千年続くと思う。田中希代子《たなかきよこ》先生の演奏が、五十年後のわたしたちに届いたみたいに。その祈りはもう、我欲とは無縁だよ。富士《ふじ》の雪解け水が大地に磨かれて清らかなように、祈りも時間に磨かれて、清らかに流れゆくの」

僕はあぜんとしてしまった。いまこの物語を綴《つづ》っている僕も、この言葉を思い出してあぜんとせざるを得ない。到底、普通の八歳の少女が達することのできる境地ではなかった。僕は目の前の女の子のなかに、天使や仏さまが入っているような気がした。

田中希代子のピアノが、違って聴こえるようになった。富士の雪解け水がすうっとからだに馴染《なじ》むように、懐かしいほど心に染み入る、それは清らかな祈りの音だった。

5

夏が終わった。何事もなかったように新学期が始まった。

世界が終わったあの夏に、永遠に取り残されるような気がしていたのに。僕はなんだかんだ、時間にころころと転がされて、おめおめと生きていた。まるで風に運ばれる煙草《たばこ》の吸殻みたいに。桜の花びらが浮かんでいたプールには、夏祭りの金魚が住み着いた。やがて紅葉がかれらの屋根になった。水は緑に濁っていった。

ツン——と、揺月《ゆづき》のピアノに、僕はほのかな痛みを感じはじめた。

それは最初、あさりの身に隠れていた一粒の砂を噛《か》んだかのような、わずかな違和感だった。僕が指摘しても、揺月自身が気がついていないのが妙だった。僕は砂粒が隠れている音符を指差すことさえできた。しかし、揺月は首を傾げるばかりだった。

砂はすこしずつ揺月の譜面を侵食していった。砂漠のようなさみしさが彼女の音楽を覆った。

「最近、お母さんにも同じこと言われるようになっちゃった。でもどうしてだろう？　わたし、自分ではわからない……」

揺月は悲しげに目をふせて、そう言った。左目から涙がひとしずく流れた。その位置に、青紫色のあざができた。蘭子《らんこ》さんが作ったあざだった。

いよいよ揺月のピアノの音が濁ってゆくことを心配して、ある土曜日に、防音室を二重窓から覗《のぞ》いた。——揺月と、蘭子さんがいた。蘭子さんは荒れ狂う嵐《あらし》だった。揺月の髪を引っ張り、頬《ほお》を叩《たた》いた。どうにかして揺月の音を元に戻そうとしてできず、怒りをどんどん募らせていた。

それはパレットのうえの汚い色を蘇《よみがえ》らせようとして、新しい絵具を足すのにも似ていた。色は濁り黒々としていくばかりで、ちっとも綺麗《きれい》にはならない。そんなことしても意味ないじゃん。揺月が傷つくばかりでなんにもならないじゃん。むしろあんたが揺月の音を濁らせてるんじゃないの？　そう思って、苛々《いらいら》して、揺月が可哀想《かわいそう》で仕方がなくて、いてもたってもいられなくて、僕は思わず窓を殴ってしまった。パリン――！　と音を立て、思いがけず窓は破れた。

ハッと我に返った。蘭子《らんこ》さんが振り返る寸前、さっと頭を引っ込め、慌てて家の左側面にまわりこんだ。二重窓が開く。蘭子さんが窓から身を乗り出し、左右を見まわす。

「変ね……」

心臓がバクバク鳴っているのがわかった。二重窓が閉じる音がした。……どうやら、練習を再開したらしい。僕はほっとして、うえを見上げた。

僕は凍りついた。二階のベランダから、誰かが僕を見下ろしている。

揺月《ゆづき》の父、宗助《そうすけ》さんだった。二階の手すりに両肘《ひじ》をのせ、身を乗り出すように僕を見下ろしていた。彼はすべてを見ていたに違いないと直感した。太陽は中天で、ちょうど逆光で暗く、表情がわからなかった。

僕はすこしずつ体をずらした。宗助さんの顔がだんだん見えるようになった。彼は意外な表情を浮かべていた。そこに怒りはなかった。あったのは、深い悲しみのような感情だった。

宗助さんは口の両端をさげたまま、何も言わず、ただ僕を見ていた。

僕はその場から逃げ出した。心の暗闇《くらやみ》に、宗助さんのあの表情が浮かんで、消えなかった。まるで、冬空に浮かぶ青白い月のように。

6

十月の中頃、上履きを拾った。校舎と校舎の隙間《すきま》に、ポツンと落ちていたのだった。『五十嵐《いがらし》揺月』と名前が書いてあった。

僕は何気ない顔をして、揺月にそれを届けた。揺月もまた何気ない顔をして、

「ありがとう。落として困ってたの」

ふうん、そうなんだ、と納得するほど僕は馬鹿《ばか》ではなかった。

「ひょっとして揺月、いじめられてる？」

すると揺月はふうとひとつ息を吐いた。それは悲しみというよりも、からだの奥底に降り積もった疲れのようなものを感じさせる、青灰色のため息だった。

「……というか、いじめさせてあげてるの」

「いじめさせてあげてる？」

困惑する僕の手を、揺月はするりと取った。

「秘密基地で、話そう？」

小学校から東にすこし行くと、そこはもう田んぼだらけで、民家もまばらになる。小さな山が迫って、そのふもとによくわからない打ち捨てられた古い建物が連なっている。そのなかに小さな廃工場があって、金網にあいた穴からなかに入ることができた。

廃工場のなかは寒々しいほど空っぽだ。夏はガラスのない窓が青空を切り取って涼しかった。

僕らの秘密基地は、どういうわけか敷地内に放置された廃バスだった。藍鉄《あいてつ》色のさびた車体が、どことなくブリキのおもちゃのような、丸っこい可愛《かわい》らしさを感じさせるバスだ。フロントライトが片方すっぽ抜けていて、間《ま》の抜けた愛嬌《あいきょう》がある。僕はこのバスの顔が大好きだった。なかに入ると、運転席のうしろに、一人用の前向きの椅子《いす》が左右にふたつずつ。その奥に向かいあった長椅子がある。最後尾には、前向きの大椅子。椅子のカバーは緑色で、あちこち破けてスポンジが飛び出している。床は木で、歩くとこつこつと良い音がした。

車内は廃バスに似合わず綺麗《きれい》だった。揺月《ゆづき》が定期的に掃除していたのだ。長椅子にはオレンジ色の幾何学模様のカバーが敷かれ、クッションも置かれて、寝っ転がれるようになっている。

ここは昔から揺月の秘密基地だったらしい。

蘭子《らんこ》さんの手の届かない、個人的な空間が、彼女には必要だったのだろう。

僕らは長椅子に隣りあって座った。揺月は向かいあうことを避けたのだ。長い沈黙があった。

「きっかけは、音楽の授業だったの——」揺月はふいに、ぽつりと言った。「先生に頼まれて、みんなの前でピアノを弾くことになって。そしたら、その後から、坂本《さかもと》くんや相田《あいだ》くんがやたら話しかけてくるようになって。無下《むげ》に扱うのも変だから、普通に会話していたら……」

「女子たちが嫉妬《しっと》したわけか。ふたりとも人気者だから」

坂本といえば、四月頃、小林暦《こばやしこよみ》にちょっかいをかけて、揺月に鼻をもがれそうになったやつだ。それがもう揺月に鞍《くら》替えして面倒を起こしていると考えると、なんだか腹立たしくなった。

「いじめてくるやつの鼻、もいじゃえよ」

「誰がいじめてきてるのか、わからないの。いつの間にか上履きや筆箱を盗まれて、悪戯《いたずら》される。クラスの女子全体が、口を閉ざしてる。密告したら裏切り者として次の標的になるしね」

「……僕、そういうの、大嫌いだ。小林暦さんは？　味方じゃないの？」

「こよちゃんは、どうしようもなくて見て見ぬフリをしてる。でも、賢くて優しいから、自己嫌悪して、傷ついてもいるんだよね。なんかそれだけで、わたしはこよちゃんを赦《ゆる》せる」

　揺月の思考回路を辿《たど》るのに、すこし時間がかかった。彼女はあまりにも鋭すぎるし、繊細すぎるし、図太すぎるし、優しすぎる。とても同い年の人間とは思えなかった。

「最近ね――」と、揺月はすこし高い声で言った。「恋する女の子の気持ちが、わかるから。嫉妬する気持ちもわかる。そしたら、人間なんて、みんな弱いものだなって思って。わたしは、いじめてくる子もみんな赦すことにした。いじめさせてあげることにした。本当はみんな優しい子だから、そのうちいじめなんかやめると思うの」

「……もし、そうじゃなかったら？」

「そのときは、ちゃんと鼻をもぐよ」

　揺月はそう言って、にっこりと笑った。僕も思わず笑った。

　すると、揺月は横になり、僕のふとももに頭をのせた。そしてすこし寂しそうな声で、

「……わたし、えらいでしょ？」

僕は突然のことに戸惑って、けれど揺月《ゆづき》がとても愛《いと》しい気がして、

「揺月はすごくえらいよ」

「……じゃあ、頭なでて。えらいえらいって」

「ええ……？」

すこしためらってから、てのひらを揺月の頭にのせた。揺月の肩がぴくりと動いた。

僕は揺月の頭をなでた。髪はやわらかくて、さらさらしていた。

すう、という、寝息のような、安らかな揺月の呼吸だった。

7

しかし、揺月へのいじめは収まるどころかエスカレートしていった。

まるで容赦のない山賊たちと一緒に学校生活を送っているみたいに、ありとあらゆる持ち物を盗まれて捨てられたり流されたり燃やされたりした。

揺月は鼻をもげなかった。最初から負ける運命だったのだ。恋愛が好きになったほうが負けるようにできているように、いじめは優しいほうが負けるようにできているのだ。

ある日の下校中、3組の女子たち三人がげらげら笑いながら話しているのを聞いた。

「いい気味だよねー。揺月ちょっとピアノ弾けるからって調子に乗ってるとこあったし」

悪口大会だった。たまたま帰り道が一緒で、延々それを聞かされることになった。

「ちょっと大会で優勝したかなんだか知らないけど、あれくらい弾けるやつなんて幾らでもいるって。あたしも練習さえすれば簡単に超えられるっつーの」

「そんなわけねーだろ」

思わず、声に出してしまった。三人はびくりとしてこちらを振り返った。

「揺月がどんだけ努力してるか、お前ら知らねーだろ。どんな思いで弾いてるか知らねーだろ。揺月がどんだけ凄《すご》いか、お前ら馬鹿《ばか》だからわかんねーんだよ」

三人はあぜんとして、顔を青ざめさせていた。ひとりが、「行こう」と言って、道路の反対側の歩道にふたりを引っ張っていった。ひそひそ声が聞こえてきた。

「だれ、あいつ……？　一体なんなの……？」

「ほら……あれでしょ……最近、揺月に影みたいにべったりくっついてるやつ……」

僕は〝影〟と表現されたことに、どうしてか無性に腹が立った。怒鳴り返してやろうかと思ったが、急に虚《むな》しくなってやめた。

なんだか、身体のなかが、がらんどうになったみたいだった。

8

揺月《ゆづき》は濁りに濁った音のまま、ショパン国際ピアノコンクール in ASIAの地区大会を、ぶっちぎりのトップで通過した。ずば抜けた実力があれば、不調だろうがなんだろうがそう簡単には負けないのだ。全国大会は一月にある。そこで良い成績を残せば、今度はアジア大会だ。

しかし、揺月は全然ピアノを弾かなくなってしまった。

十二月の初めだった。積もらない雪がちらちらと降っていた。

僕らは秘密基地に入り浸っていた。空気はだいぶ冷たくなっていたけれど、不思議とバスのなかは暖かかった記憶がある。防寒着を分厚く着込んで、もこもこした毛布に揺月とふたりでくるまって過ごすのだ。揺月は真っ白なコートとニット帽に、赤いマフラーを巻いていた。

この頃の揺月は現実逃避していたきらいがある。ピアノから離れ、クラスから離れ、母親から離れ、僕の部屋からすらも離れたかったようだった。揺月にとって、廃バスより優しい場所は存在しなかったのだろう。廃墟《はいきょ》だけが持つ優しさに、癒《い》やしを求めていたのだ。

秘密基地には山のように漫画や本が置いてあって、揺月はずっと読んでいた。僕が持ち込んだものもあったけれど、ほとんどは揺月のものだった。

「よくそんなにお金があるね」

あるときふとそう言うと、揺月は新品の漫画から顔もあげずに、

「お父さん、お金はどんどんくれるから」

「お金〝は〟――?」

「たぶん、罰金のつもりなんだよ」

意味はよくわからなかったけれど、その言葉はどこか悲しく響いた。頭のなかに、宗助《そうすけ》さんが僕をベランダから見下ろす、あの青白い月のような顔を思い出した。

罰金――それは何に対する罰なのだろう?

父さんが僕の生活費を相変わらず振りこみ続けていることを思った。ひょっとしたら、あれも一種の罰金なんじゃないだろうか?

あっという間に、日が暮れてゆく。冬は日の入りが早い。夜が僕らを秘密基地から追い出そうとする。揺月は、帰りたくない、と言った。

「あんな家、もう帰りたくない。学校も、もう行きたくない。ピアノも弾きたくない。何もかもどうでもよくなっちゃった。八雲《やくも》くん、ずっとここにいようよ。一緒にいようよ……」

夕暮れと夜のはざまの深い紫色の空気に、僕は白い息をひとつ吐いた。

「……そういうわけにはいかないよ」

立ち上がろうとすると、揺月は僕の腕にすがりついた。手のひらで僕の左手をつつんだ。揺月の手はピアノの鍵盤《けんばん》のように冷たかった。

どきりとした。僕の肩に、揺月が頭をのせた。甘い香りが漂った。

とても長い時間が経った気がした。けれど空の色は変わらず、まるで、昼と夜のはざまに取り残されたようだった。揺月は、ささやくような声で訊《き》いた。

「……ねえ、八雲《やくも》くんは……好きな人……いる?」

心臓がどきどきしているのがわかった。たぶん顔も赤くなっていただろう。

「……どうだろう」

「教えてくれないの?」

「教えたくない」

「……八雲くんには、好きな人がいるかもしれないし、いないかもしれない。……じゃあ、もし、八雲くんに好きな人がいるとしたら、それはわたし以外の誰か?」

いつの間にか、冷たかった手が熱くなっていた。僕は、言った。

「……もしもいるとしたら、揺月《ゆづき》以外の誰かじゃないよ」

すると揺月はくすりと笑って、

「わたしも……もしも、わたしに好きな人がいるとしたら、八雲くん以外の誰かじゃないよ」

僕は思わず、揺月を見た。揺月も僕を見て、どこか悪戯《いたずら》な、小悪魔っぽい笑みを浮かべていた。薄闇《うすやみ》のなかでも、白い頬《ほお》がほんのりと赤く染まっているのがわかった。

9

翌日、僕の頭はずっとぼんやりしていた。

昨夜は一睡もできなかったのだった。授業を受けていても、心ここにあらず、頭のなかはずっと昨日の夜の色だった。——昨日、帰り道で、揺月はこう言った。

「……ねえ、八雲くん、ふたりで遠くに行こう。まずは猪苗代湖《いなわしろ》に行って、そこからは気ままに、できるだけ遠くに行くの。それで、何ヶ月も、楽しく暮らすの」

僕は驚いて、こう返した。

「そんなの無理だよ。第一、お金がない」

「大丈夫、お金は盗むから」

びっくりして、揺月を見た。もう暗くなっていて、彼女の表情はわからなかった。

「お父さんが、クローゼットの奥に現金を隠しているの。百五十万円くらい。わたしがお金がほしいって言うと、お父さんはそこから一枚とって、くれるの。……だからあれは、罰金。持って行っても、お父さんはたぶん怒らない」

「百五十万円か……」

それだけあればしばらくは生活できるだろうと思った。揺月は言った。

「逃げ切れなくていいの。ほんとに、すこしのあいだ、全部から離れて遠くに行きたいだけ……。お願い、一緒に行こう？　明日、秘密基地で待ってる——」

揺月はバイバイと手を振って、家のなかに入っていった。帰りが遅くなったことを、蘭子《らんこ》さんに怒鳴られているだろうな、と僕は思った。

——授業中ずっと、うわの空で考えていた。僕は揺月《ゆづき》と一緒に行くべきだろうか？　何ヶ月も生活から離れたら、色々な問題が発生する。何より、揺月はコンクールに出られなくなってしまう。本当にそれでいいのだろうか？　これまでの努力を無駄にしてもいいのだろうか？

昼休みもぼうっと歩きまわっていると、思いがけず、揺月に出くわした。

彼女はアーモンド型の目をいっぱいに見開いていた。吸い込まれそうな瞳《ひとみ》だった。

揺月は何も言わず、僕とすれ違った。

——その瞬間。さり気なく、僕の手に指先ですうっと触れた。どきりとして、思わず振り返った。揺月は振り返らなかった。ふと、視線を感じた。坂本《さかもと》があぜんとした顔で突っ立っていた。僕は顔を逸《そ》らし、あわてて立ち去った。

——あっという間に、放課後になった。僕はまっすぐ家に帰り、旅支度をした。着替えやら歯ブラシセットやらをリュックに詰め込んだ。準備をしながらも、迷い続けた。どんどん、不安が大きくなっていった。揺月には『家出』をする必要があるのだとわかっていたはずなのに、思考は迷路に入り込んで、得体の知れない暗い気持ちに捕まった。なんだか、僕が揺月を良くない方向に導いて、彼女の人生を壊そうとしているのではないかという気がしたのだ。どこからか3組の女子のささやき声が聞こえた。

『最近、揺月に影みたいにべったりくっついてるやつ……』

僕は所詮《しょせん》、揺月の影に過ぎないのではないだろうか。影の分際で、揺月をスポットライトの光のしたから、舞台袖《そで》の闇《やみ》のなかへと引《ひ》き摺《ず》り込もうとしているのではないか。

僕の半分は父さんで、もう半分は母さんだ。

半分は影で、もう半分は塩だ。

僕は永遠に一人前の人間にはなれないような気がしていた。僕はいつか父さんみたいに誰かを邪魔に思って、不幸にしてしまうかもしれない。

僕はきっと、足りない人間なのだ。揺月と一緒に家出する資格なんて、僕にはない。

そんなことをぐるぐると考えた。非論理的だ。けれど、このときの僕にそんな冷静な視線はなかった。まるでブラックホールがまわりの空間を歪《ゆが》めてしまうように、心のなかにあいた真っ暗な穴があらゆる考えを歪めてしまうのだ。

リュックを目の前に、床に座り込んだ。そのまま時間が過ぎていった。

夕暮れになり、夜になった。窓の外に雪がちらついた。

揺月はまだ僕を待っているだろうか？

ひとりきりで凍えているだろうか？

迷いに迷って、結局、僕は待ち合わせ場所に行かなかった。

眠ることもできず、まるで石像のように、朝までかたまっていた。

10

揺月《ゆづき》は僕を責めなかった。それどころか、『家出』の話題を一切出さなかった。まるで最初からそんなもの、存在しなかったかのように。

しかし、僕と揺月のあいだで、決定的に何かが変わった。それは0が1に変わるような、微妙な、しかし冷酷なまでに克明な変化だった。

揺月は僕の前でピアノを弾かなくなった。学校に行くのもやめてしまった。家に閉じこもり、コンクールまで練習し続けたのだ。ひとりで。あるいは蘭子《らんこ》さんに怒鳴られながら。僕は揺月のガス抜き役で、平日、一時間ほど他愛《たわい》もない話をするだけだった。ガス抜きのための〝穴〟とは、なんとも〝影〟に相応《ふさわ》しい役割だ。けれどそれは僕が自ら選んだ立ち位置だった。

揺月は当然のように全国制覇した。そして来たるアジア大会――揺月は小学三・四年生部門のトップに輝いた。ショパン国際ピアノコンクール in ASIAでは、金賞受賞者の演奏を集めた記念アルバムが発売される。揺月の演奏が入ったCDが出たのは、九月になってからだった。

僕は久しぶりに揺月の演奏を聴けると思って、わくわくしながらCDをかけた。『家出』以降、揺月は僕の前で一度もピアノを弾かなかったのだ。

オーディオから、揺月の演奏が流れ出した。ショパンの『舟歌』だった。

――驚愕《きょうがく》した。あれほど濁っていた音が水晶のように澄み切っていた。それでいて哀愁と深みのある演奏だった。これを聴いて、小学三年生の少女が奏者だとは誰も想像できないだろう。

しかし、どうしてか、これは揺月の音ではないという気がした。
舟があり、海がある——しかし今度は、空がない。揺月の演奏は天国まで届かない。
それは、祈ることをやめてしまった音だった。

三章
Chapter. 3

1

僕らは中学生になった。小学校の同級生が、そのまま中学の同級生になった。

揺月《ゆづき》は小学四年生で、ショパン国際ピアノコンクール in ASIAの、コンチェルトB部門——これは、年齢制限がない部門だ——で、金賞第一位を史上最年少で受賞した。さらに翌年、コンチェルトC部門で金賞第一位をこれまた史上最年少で受賞。十一歳でクラシックピアニストとしてプロデビューを果たした。

『奇跡の天才美少女ピアニスト』が揺月のキャッチコピーになった。彼女はこの〝反吐《へど》が出るほど嫌いな〟名札をつけられて、どんどんテレビ出演していった。賢くて胆力も強かったから、ピアノと無関係な番組にも呼ばれるようになった。マネージャーがつき、彼がスケジュール管理などをするようになった。

北条《ほうじよう》崇《たかし》というのがそのマネージャーで、鼻が高くハンサムな、細い銀縁の眼鏡《めがね》をかけた男だった。彼は揺月をお姫さまのように扱っていた。彼女のためにあらゆるドアを開けようとしたし、彼女に爽《さわ》やかな息で話しかけるために口臭スプレーを欠かさなかった。そして隣にいる自分は王子さまなのだと言わんばかりに、自信に満ちた笑みをいつも浮かべていた。

首にいつも重たそうなカメラを提げていて、隙《すき》あらば写真を撮った。将来、なんらかの形で写真を仕事にするのが彼の夢だった。

　手元に彼の撮った写真がある。揺月と僕が、並んで写っている。僕はしかめっ面をしている。僕は北条が嫌いだったのだ。カメラで揺月を撮るときの、うっとりしたような、嫌《いや》らしいような顔が気持ち悪かった。

　それが崇拝と恋慕の混ざったような感情だということを、僕はよく知っていた。なぜなら、数多《あまた》の男子が揺月に似たような視線を向けていたからだ。

　揺月は成長するにつれ、驚くほど美しく魅力的になっていた。退屈な教室も、彼女がいるというだけで白い花を飾ったような華やかさだった。彼女を見るために、他クラスや上級生の男子が扉の前に人だかりを作った。時には他校の生徒が紛れ込んでいることもあった。揺月はアーモンド型の目をすうっと細め、彼らに絶対零度の視線を向けた。彼女は相変わらず、目立ちたがりでも自惚《うぬぼ》れ屋でもなかった。

2

　桜之下《さくらのした》中学校では必ず何らかの部活動に所属しなければならなかった。

　僕は仕方なく野球部に入ることにした。清水《しみず》がいたからだ。

　清水はおっとりしているように見えて、野球の才能は凄《すさ》まじかった。小学校では4番・ピッチャーで、打っても投げても驚異的なパフォーマンスを発揮していたらしい。中学一年生にして180センチ近い巨体で、三年生まで含めた誰よりも大きかった。あっという間に三年生を押しのけてレギュラーになった。——これだけ目立つと嫉妬《しっと》を買いそうなものだが、それどころか逆に可愛《かわい》がられていた。清水《しみず》には不思議な魅力があって、みんな大好きだったのだ。

いつもにこにこしていて、朗らかで、無邪気で、親切で、ちょっと間が抜けている。それでいて、いざというときは頼りになる。野球が大好きで、いつもワクワクしながら練習している。見ているだけで楽しいし、活躍すると気持ちいい。誰でも好意を持たずにはいられないのだ。一年生の野球部員数が例年の倍近かったのも、清水の魅力が大きかったように思う。清水がいる限り、絶対に仲間外れなんか起きないという安心感があった。清水が楽しそうに練習していると、こっちまで楽しくなって練習に全くきつさを感じなかった。清水は太陽みたいなやつだったのだ。そんな彼がなぜか、影みたいな僕を気に入ってくれていたおかげで、友達作りに苦労しなかった。部活終わりに大勢でゲラゲラ笑いながら帰った。清水が最初のテストでいきなり赤点を取って居残りのピンチになったときには、野球部の一年生全員で清水家におしかけて勉強会をした。僕なんかにはもったいないほど、楽しい毎日を送ることができていた。

その半面、揺月《ゆづき》とは疎遠になっていた。別のクラスだったし、彼女は異様なほど忙しかった。演奏会やらテレビ出演やら、それだけでも目の回るような過密スケジュールなのに、ピアノの練習も欠かさず猛烈にやっていたみたいで、僕と会っている暇など全くなかっただろう。

そうでなくとも、僕と揺月の関係は微妙だった。あの『家出』の件以来、彼女は近くて遠い存在になった。すぐ傍《そば》で笑いあっているのに、心は遠く離れているような気がした。手を伸ばせば触れられそうなのに、無限に遠い。触れたかと思えば、かき消えてしまう。その名の通り、湖面に揺れる月みたいに。

けれど僕は、油断していた。僕が揺月を特別に思っているように、揺月も僕のことを特別に思ってくれているだろうと、無邪気に信じ切っていたのだ。

ある七月の夕暮れ、またいつものように野球部の面々でゲラゲラ笑いながら帰っていたときのことだ。突然、相田《あいだ》があっと声をあげた。その視線の先を見て、僕はあぜんとした。

揺月と野球部のキャプテンが並んで歩いていた。

ふたりともややうつむき加減で、何やら甘酸っぱい、妙な雰囲気を醸《かも》し出している。相田は、うわああ……ああ……と、みぞおちのあたりを刺されたような声を漏らし、言った。

「五十嵐《いがらし》、キャプテンと付き合ってんのかな……？」

そう言えば、揺月がいじめられるきっかけとなった相田だった。まだ好きだったとは、思いもよらなかったけれど。彼は頭を抱《かか》えてうわあああ……と叫び、目に涙すら浮かべて、

「もうキスとか……え、エロいこととかしてんのかな……？」

女子に人気があった相田の、予想外の純情っぷりは、いま思うと面白いが、当時の僕は全然笑えなかった。いきなりバットで頭をかっ飛ばされたようなショックを受けていた。

僕は、僕が思うより、揺月《ゆづき》のことが好きだったのだ。

3

六本木聡《ろっぽんぎさとし》というのが、野球部のキャプテンの名前だった。

僕は何かにつけ、彼を観察するようになった。敵情視察の心理である。僕は焦った。見れば見るほどいい男だったからだ。身長も高いし、顔もかっこいいし、野球もうまい、成績優秀。

『来月の目標は、成長して〝千本木〟になることです!』

なんて冗談を言ってみんなを笑わすサービス精神。

『167倍にパワーアップします!』

小数点第一位をさりげなく四捨五入するスマートさ。

みんながゲラゲラ笑っているなか、相田《あいだ》は嫉妬《しっと》心むきだしで、

「なーにが千本木だ、オレが三本木にしてやろうか……!」

などと馬鹿《ばか》なことを言っていたが、僕も同じくらい馬鹿で、心のなかで六本木先輩は原先輩になった。森林破壊である。どうにか六本木先輩を倒したくて、僕は無駄に野球に打ち込むようになった。郡山《こおりやま》駅東ショッピングセンターに、二年前にできたばかりのラウンドワンに行き、バッティングマシーンで腕を磨いた。手が豆だらけになった。

その間にも何度か六本木先輩と揺月が並んで帰宅するのを目撃した。そのたびに相田があはんとかうふんとか変な声を出して悲しんだ。

二週間みっちりトレーニングしたのち、満を持して六本木先輩との対決の機会が訪れた。ただの練習なのに僕は異様なほど本気だった。全力でバットを振り、ファールを2回、ツーストライク・ツーボール。外角に甘めに入ったボールを鋭く打った。――ワンベースヒット。よほどガッツポーズしたい気分だったが、あくまでクールに振る舞った。思春期だったのである。

続く打者は相田。これはもう、バッターボックスに立った瞬間から般若《はんにゃ》のような顔をしていて、ボール球を喰《く》らいつくようにして打った。これまた、ワンベースヒット。相田はパオーンと歓喜の声をあげた。興奮したアフリカゾウみたいに。

「やるな、一年……」

六本木先輩は苦笑いして、額《ひたい》の汗を拭《ぬぐ》った。そして、清水《しみず》がバッターボックスに立った。バットがアイスの棒みたいに見える巨体だ。楽しげに、体をゆらゆらさせている。

あ、これは打つな、と僕は思った。

カン――！　と気持ちの良い音が響いた。ボールは信じられないほど高く上がっていった。

うわっはっはっは――！　と、清水は笑った。彼はホームランを確信すると笑うクセがあるのである。なんとも言えず気持ちの良い笑い声で、僕らのあいだで〝大魔神〟と呼ばれていた。

あまりの嬉《うれ》しさに、僕もうわっはっはと笑った。相田も笑った。奇妙な三人が笑いながら気持ち良くベースを回り、ホームを踏んだ。六本木《ろっぽんぎ》先輩はあちゃーという顔をしていた。

僕はしばらく、勝利の余韻にうっとりと浸りながら、他の一年生のバッティングを眺めた。

――そして段々と、正気に戻っていった。

野球で六本木先輩にちょっと勝ったからって、なんだっていうんだ……。

隣を見ると、相田《あいだ》はもうずっとニヤニヤしていた。

4

七月の終わり――終業式は午前中に終わってしまって、午後からは完全に自由だった。

僕はなんとなく、校舎のまわりをゆっくりと散歩した。吹奏楽部の練習する音が、どこからでも聞こえた。僕は揺月《ゆづき》のことを考えていた。いまごろ、どこで何をしているのだろう……？

校舎の裏手に回ったときだった。

「あ」と声が聞こえた。

見れば、揺月が校舎の壁を背に、座り込んでいた。

「あ」予想外の邂逅《かいこう》に、どうしたらいいかわからなくなって、

「ひ、久しぶり、じゃあね……」

「ちょっと――」揺月は僕の服の裾《すそ》をつかんで、「なんですぐ行っちゃうの？　久しぶりにお

しゃべりしようよ」

　隣に座らされた。ものすごくドキドキしていた。あれだけ昔一緒にいたのに、まるで初対面みたいに。ちらりと揺月の横顔を見た。こんなに綺麗《きれい》だったっけ？

「元気にしてた？」

　僕は慌てて返事した。「――元気だったよ」

「ちゃんとご飯食べてる？」

　なんだか一人暮らしの息子を心配する母親のような質問だ。

「揺月こそ、忙しそうだけど、大丈夫？」

　すると、揺月はふっと悪戯《いたずら》っぽく笑って、からだを前倒しにしながら、

「八雲《やくも》くんの分際で、わたしの心配をするなんて、十年早い」

「なんだよそれ……」

　いじけたふりをして顔を逸《そ》らした――けれど本当は、スカートからのぞく白いふとももとか、揺月の可愛《かわい》らしい笑顔とかに照れて赤くなった頬《ほお》を、隠したかったのだった。

　短い沈黙があった。訊《き》くまい訊くまいと思っていたことを、思わず訊いてしまった。

「揺月って、六本木先輩と付き合ってんの？」

　うふふ、と揺月は笑った。どこか優越感に満ちた小悪魔っぽい笑みを浮かべて、

「気になるの？」

「……別に、そういうわけじゃないけど」

「嘘《うそ》。気になるんでしょ?」

僕は口を閉ざした。

視線の先で、夏の光線にくっきりと黒い木陰が、ゆらゆらと揺れていた。

揺月《ゆづき》はしかし、満足そうに、呟《つぶや》くように言った。

「明日から、夏休みだね」

そして、また、こちらを覗《のぞ》き込んで、

「ね、明日、時間ある? お願いがあるんだけど」

「お願い?」

「明日、うちに遊びに来て」

5

翌日、揺月の家を訪れた。ドキドキしながら、ドアチャイムを押した。

すぐに、ドアが開いた。揺月の白い花のようなすがたが現れた。白いワンピースを着ていた。

「いらっしゃい――」彼女は微笑《ほほえ》んで、僕を通してくれた。五十嵐《いがらし》家に来るのは、実に一年ぶりだった。なんだか懐かしい匂《にお》いがする気がした。

感慨に耽《ふけ》っていると、ふいに、リビングで意外な人物に出くわして、思わずげえっと言いそうになった。それは向こうも同じだったらしい。我が物顔でくつろいでいた揺月のマネージャーの北条《ほうじょう》は、僕を見てピクリと鼻の脇《わき》を痙攣《けいれん》させ、引きつった笑みを浮かべた。

「やあ、ひさしぶりだね、八雲《やくも》くん」

揺月は平然と微笑んでいる。その顔を見て、直感した。おそらく彼女はこの日、どうしても北条とふたりきりにならざるを得なかったのだろう。それが嫌《いや》で、僕を召喚したというわけだ。

こいつめ……と僕は思いつつも、偽りの微笑みを浮かべて、テーブルについた。

「せっかくだし、記念撮影でもしよう」

何がせっかくなのかわからないが、北条はもう、首から提げたカメラで撮っていた。どうせ、あとで僕が写っている部分は切り取って捨て、揺月のワンピース姿を壁に飾るのだろう。

色々と雑談したあと、北条の買ってきたショートケーキを食べることになった。もちろん、ケーキはふたつしかなかったから、揺月が半分を僕にくれた。

「はい、八雲くん、イチゴもあげる――」

その瞬間、北条は鼻の脇をまたぴくりと痙攣させ、

「じゃあボクのイチゴは揺月ちゃんにあげよう」

「あ、今日はあんまりイチゴ食べたい気分じゃないから、大丈夫です」

「奇遇だね、ボクもおんなじ気分だから、遠慮しなくていいよ」

「え、じゃあ、八雲《やくも》くんにあげるね」

　僕の細いアンバランスなケーキに、イチゴがふたつのった。北条《ほうじょう》の憎々しげな顔を見て、笑いを抑えるのが大変だった。『ボクのイチゴを返せ！』と言わんばかりである。

　すると、北条は突然立ち上がって隣の部屋に行き、オーディオでCDをかけた。揺月《ゆづき》の演奏が流れ出した。その瞬間、揺月は僕に目配せした。北条は賢く見える（とおそらく彼は思っている）微笑《ほほえ》みを浮かべ、ゆったりと席についた。そして、おもむろに、猛烈な勢いで僕に揺月の演奏のどこが素晴らしいのか解説しはじめた。

　揺月の顔が赤くなった。北条はそれを横目で見て、さらに調子に乗る。揺月は耳まで真っ赤になる。照れているのだと北条は思っていただろうが、その実、激怒していた。

　このままでは揺月が北条を罵倒《ばとう》しかねないと思って、僕はあわてて席を立った。

　トイレに行ったフリをし、オーディオのある部屋に別の経路から行った。そして、曲が変わるタイミングで、こっそりCDを入れ替え、何気ない顔でリビングに戻った。僕がいない間にも北条が何か余計なことを言ったのか、揺月の怒りはピークに達していた。

　そのとき、曲が流れ出した——

　はっ、と揺月は表情をゆるめ、こちらを見た。僕は口の端ですこし笑ってみせる。

　北条は演奏者が代わったことに全く気づかない様子で、さっきと同じ調子で褒めつづける。

　くすり、と揺月は笑ってしまって、あわててうつむいてごまかした。

北条はそれを何やら勘違いしたようで、いっそう大げさに褒める。

「これは、揺月ちゃんにしか出せない音だよ！」

僕は必死で笑いを堪《こら》え、言った。

「全くそのとおりですね」

揺月はまたぷっと吹き出して、くしゃみをするフリでごまかした。

北条がでたらめなことを言うたび、僕と揺月はなんだか共犯者になったような、不思議な甘い雰囲気につつまれた。――ふと、テーブルのしたで、僕の右手と揺月の左手の小指どうしがふれあった。偶然なのか、意図的にふれさせているのかわからなかった。

なんとなく、確かめたくなかった。曖昧《あいまい》なままで良かった。

離すわけでもなく、絡めるわけでもなく、僕らは小指をただ、ふれさせあっていた。

揺月の身代わりに素敵な演奏を聞かせてくれた女性ピアニストに、心のなかで感謝した。

サンキュー、マルタ・アルゲリッチ。

6

その一件以来、僕と揺月の距離はまた、なんとなく近づいた。

揺月の家に遊びに行くこともあったし、揺月が僕の家に遊びに来ることもあった。相変わらず、ピアノを僕の前で弾いてくれることはなかったけれど。

八月になると、郡山《こおりやま》駅前で催される『うねめ祭り』に、一緒に行くことになった。

五十嵐《いがらし》家の前で待っていると、玄関のドアが開き、揺月《ゆづき》が現れた。

僕は思わず、見惚《みと》れた。揺月は浴衣《ゆかた》を着ていた。青地に姫射干《ひめしゃが》の花模様の浴衣——帯はあざやかな紅だった。結った黒髪のうえにぽつぽつと、可愛《かわい》らしい白い花のかんざし。

薄闇《うすやみ》が、彼女が現れた途端、ほうっと明るくなったようにすら感じた。

揺月は僕を見て、にっこりと笑って、

「どう？　似合う？」

一回転して見せた。からんころんと下駄が涼しい音を立てた。何やら良い香りまでして、まともに見ることもできない僕だった。

そのとき、玄関から宗助《そうすけ》さんが現れた。僕は驚いた。彼と顔を合わせるのは、二重窓を割ったとき以来だった。「駅まで送ろう」と言って、僕の横をするりと通り過ぎ、車庫へと向かった。揺月はなんでもないように、行こう、と歩いていく。僕は困惑しつつも、従った。

——白のクーペが、走りだした。街並みがゆるやかに流れていった。

僕は何を喋《しゃべ》っていいのかわからず、黙っていた。揺月も雛《ひな》人形みたいに静かだった。

ふいに、宗助さんが言った。

「久しぶりだね、八雲《やくも》くん。揺月からいつも、きみのことを聞いてるよ」

「……お久しぶりです」

僕は揺月を横目で見た。彼女は窓の外を眺めていた。

「野球部に入ったんだってね」

部活動の話をした。僕はちらりと六本木《ろっぽんぎ》先輩の話をしたが、揺月は顔色ひとつ変えなかった。

「宗助さんは、中学生のときは、どんな部活をしてらっしゃったんですか？」

「僕は部活はやらずに、ピアノをやっていたんだよ。音大まで行って、そこで蘭子《らんこ》さんと出会ったんだ。……僕は挫折《ざせつ》しちゃったけどね。だから、揺月の才能は、蘭子さん譲り。容姿もそうだ。揺月が僕に似たのは、一体どこだろうね」

ひとつもない、とでも言いたげな、どこか寂しそうな口調だったので、僕は思わず、

「優しいところじゃないですか？」

すると、宗助さんは驚いた顔をした。バックミラー越しに目と目が合った。何か、瞳《ひとみ》の奥に、子供のような純粋な感情がひらめいているような気がした。しかし、宗助さんはすぐに目を逸《そ》らしてしまって、ほろ苦い声で言った。

「……僕は、そんなに優しい人間じゃないなあ……」

「お父さんは優しいよ」

揺月が窓の外を見たまま言った。宗助さんはまっすぐ前を見つめたまま、唇《くちびる》を開き、また閉じた。同じ車に乗っているのに、反対車線を進んでいるようなふたりだった。

『罰金』――という言葉が、記憶の底からよみがえった。

それはまるで泥にうもれていた貝殻一枚、いつまでも消えない異物だった。

7

駅前は人であふれかえっていた。

僕と揺月《ゆづき》は屋台をめぐり、綿飴《あめ》やら、りんご飴やら、ケバブやらを食べた。ひとり暮らしで家計をやりくりしていた僕は、祭りのぼったくり価格にいささか辟易《へきえき》していたけれど、揺月は楽しげにどんどん買い物して、楽しげに可愛《かわい》らしく笑った。

祭囃子《まつりばやし》が絶え間なく響いている。ゆるやかな川のように流れてゆく人々は、足を踏み出したりふいに横を向いたりするタイミングが、知らず知らず太鼓の音と重なりあっている。しゃなりとかんざしが鳴る。金魚がくるりと回る。混沌《こんとん》としているようで、ゆるやかに律動している。あちらでこちらで波のようにぱっと高まってはふわっとほどけるあざやかなリズム。

僕は頭のなかにペンキをぶち撒《ま》けたような気分になった。人混みのなかだといつもこうだ。余計な情報や感情が流れ込んできて、目眩《めまい》がしてくる。見知らぬ土地で車酔いで苦しんでいるような気持ちになってしまう。

踊りの列が通ってゆく――

ふいに、あっ、という声が聞こえた。我に返って、そちらを見た。

六本木《ろっぽんぎ》先輩だった。三年生ふたりと一緒だった。彼らも遊びに来ていたらしい。

が、何やら様子がおかしかった。先輩は目を見開いて、僕と揺月を交互に見た。

「あっ、五十嵐《いがらし》──」六本木先輩が言った。僕ら五人は往来の真ん中で立ち止まることになった。通行人が迷惑そうに僕らを避《よ》けていく。先輩は人差し指で頰《ほお》をかきながら、

「五十嵐、今日、用事があったんじゃ……？」

僕は揺月を見た。彼女は平然として、

「ですから、これが用事です。八雲《やくも》くんのほうが先に誘ってくれたので」

祭りに行こうと最初に言ったのは、僕ではなく揺月だったような気もする。先輩はちょっとまだ思考が追いつかない様子で、「あ、そう……」

「じゃあ、また。行こう、八雲くん」

揺月は下駄を涼やかに鳴らしてさっさと行ってしまう。僕はまだ呆然《ぼうぜん》としている先輩に一礼して、揺月を追った。

「揺月──」やっと追いついて、訊《き》いた。「六本木先輩と付き合ってたんじゃ……？」

「付き合ってない」揺月はどこか固い声で言った。「一生懸命誘うから、一緒に下校してただけ。無下《むげ》に断るのも悪いかと思って。いい人だし」

「……でも、そうやって思わせぶりなことするのも、かえって残酷なんじゃない？」

すると、揺月《ゆづき》はくるりと振り返って、やや不機嫌な声で、

「じゃあ、八雲《やくも》くんは、わたしが六本木《ろっぽんぎ》さんと付き合ってたほうが良かったの？」

「そんなこと言ってないだろ」

揺月の目元に赤いような青いような色が差した。彼女はまた振り返って、歩いていった。

8

僕らは三春《みはる》・船引《ふねひき》方面行きのバスに乗り、十五分ほどして水穴《みずあな》で下車した。そこから五分ほど歩いて、ふくやま夢花火の会場にたどり着いた。阿武隈《あぶくま》川の河川敷に、すごい人だかりができていた。もういい場所は取られてしまっているから、川沿いに歩き、すこし離れたところにビニールシートを広げて座った。打ち上げまではやや時間があった。僕らはまだ六本木先輩の件で苦い空気を引きずっていた。ふいに、揺月が言った。

「……ねえ、うねめ祭りの起源について知ってる？」

そして揺月は、『采女《うねめ》伝説』について語った。

——いまから約千三百年前。郡山《こおりやま》市の前身である陸奥《むつ》の国安積《くにあさか》の里では、冷害がつづき朝廷への貢物もできない有様であった。奈良の都から訪れた巡察使、葛城王《かつらぎおう》に里人たちは窮状を訴え、貢物の免除を願った。しかし王はそれを聞き入れなかった。その夜、王をもてなす宴が

開かれた。が、王は不機嫌であった。もてなしがなおざりであると感じていたのである。

と、そこに、雅《みやび》やかで美しい娘――春姫《はるひめ》が現れた。

右手に水を持ち、左手に酒を持っている。彼女はぽんと王の膝《ひざ》をたたき、

『安積山　影さへ見ゆる　山ノ井《やまのい》の　浅き心を　我が思はなくに』

と、歌を詠《よ》んだ。安積山の影さえ映る、山の井のような浅い心で、貴方《あなた》をおもてなししてはおりませんのに。という意味である。春姫の右手の水には〝山影〟と〝浅き心〟が、左手の酒には〝真心〟が映じるのを、葛城王は目にしたはずである。そして、姫が差し出した〝真心〟を、王はよろこんで飲んだ。機嫌を直した王は、春姫を帝《みかど》の釆女として献上することを条件に、貢物を三年間免除することとした。

春姫には次郎《じろう》という相思相愛の許嫁《いいなずけ》があったが、涙をのんで別れることとなった。

都にて、春姫は帝の寵愛《ちょうあい》を受けた。しかし次郎への恋慕の情はつのるばかりでいかんともしがたく、さる仲秋の名月の日、宴のにぎわいにまぎれ、猿沢《さるさわ》の池畔《ちはん》へと駆けた。そして柳の枝に衣をかけ、入水《じゅすい》を装って故郷へと逃げ帰った。

魂を削るような、苦難の道だったに違いない。身も心も疲れ果て、ようやく辿《たど》り着いた春姫を待っていたのは、悲しい現実であった。次郎は春姫を失った悲しみから、すでに山ノ井の清水に身を投げていたのである。

せつせつと雪の降る夜、ついに春姫も同じ山ノ井の清水に身を沈めた。

やがて、春がおとずれ、雪がとけると、山ノ井《やまのい》の清水のまわり一面に、名も知れぬ薄紫の可憐《かれん》な花が咲きみだれた。ふたりの愛が結晶し生まれ変わったかのようなその花は、『安積《あさか》の花かつみ』と呼ばれるようになった――

この采女《うねめ》伝説には、奈良側の視点から見た別バージョンもあり、春姫《はるひめ》は帝《みかど》の寵愛《ちようあい》が衰えたことを悲しみ、猿沢《さるさわ》池に入水《じゆすい》したとされる。

揺月《ゆづき》が語ったのは、郡山《こおりやま》視点の悲恋伝説で、さらに省略されていた。

「悲しい話だね」

と、僕は言った。揺月はひとつ息をついて、

「この話から得られる教訓は、なんだと思う?」

「教訓――?」僕はしばらく考えて、言った。「〝愛は美しい〟?」

「凡庸《ぼんよう》だね」揺月はすこし呆《あき》れたように言った。そして間を置いて、「この話から得られる教訓は、〝女は知恵を使わなければならない〟。女は弱いから、知恵を、手練手管を尽くさないと、願いを叶《かな》えられないの。……たったひとつの恋すらも」

「そういうものかな」

「きみにはわからないんだよ。八雲《やくも》くんはまだ、子供だから――」

その言葉はどこかさみしげに響いた。

そのとき、夜空に大きな花火が打ち上がった。阿武隈《あぶくま》川の水面《みなも》が鏡のように光をはじいた。

美しい夏の夜だった。

四章
Chapter. 4

1

しばらく平穏な日々が続いた。僕は中学二年生になり、六本木《ろっぽんぎ》先輩は卒業していった。結局、あのうねめ祭り以降、六本木先輩と揺月《ゆづき》が一緒にいることは一度もなかった。

先輩に勝つことに躍起になって以来、バッティング力の向上した僕はレギュラーになった。それよりも得意なのは盗塁だった。なんとなくピッチャーの油断というか、意識の死角を読み取ることができたからだ。清水《しみず》はもちろんのこと、相田《あいだ》も強打者となってレギュラー入りした。

揺月とは付かず離れずの関係が続いていた。まるで高い柵《さく》でふたつに区切られた長い道を、手も繋《つな》がずにずっとお喋《しゃべ》りしながら並んで歩いているような感覚だった。ピアノを弾くときだけどこかに隠れて、それが終わるとまた一緒に歩きだす……。

こんな関係を、なんと呼べばいいのだろう。

――しかしそんな平熱的な日々もやがて、終わりを迎えた。

次にやってきた日々の温度を、なんと形容すればいいのかわからない。

中学三年生になる直前、三月のことだった。

部屋が、揺れた。

あらゆる棚から物が落ちまくった。花瓶が割れた。本が宙を舞った。電気が消えた。タンスが床を滑った。ぎいぎいとマンション全体がしなる。どこからか悲鳴が聞こえる……。

3月11日だった。東日本大震災である。

部屋どころか、日本が揺れていたのだ。

ようやく揺れが収まると、僕はベッドの下からホコリまみれで這《は》い出して、しばし呆然《ぼうぜん》とし、急いで揺月に安否確認のメールを送った。当時使っていたのは所謂《いわゆる》『ガラケー』だ。

壁に大きなひびが入っていた。西側の壁のど真ん中を、まるで黒い川が流れ落ちるように。

僕はそのひびから目を離せなくなった。忘れていた暗い感情がそのひびから浸み出してくるような気がした。

メールが届いた。――が、それは、揺月からではなかった。父さんからだった。

『大丈夫か』

そういえば僕には父親がいたのだと思った。

一度、携帯を閉じ、しばらく考えてから、返事した。

『大丈夫』

それでやりとりは終了した。

ようやく、揺月からメールが届いた。演奏会で東京にいたらしい。僕を心配していたので、

『大丈夫』

と、また返した。十五時だった。僕は外に出た。マンションの階段にはあちこち新しいひびが入っていた。道路を、混乱した人々が右往左往している。ついさっきまでしずかな曇天であったのが、地震直後に吹雪《ふぶき》になっていた。

僕は母さんが塩になった小学三年生の夏を思い出した。安達太良《あだたら》山の向こうの巨大な入道雲が、爆弾が落ちたようで、世界が終わったようだった、暑い夏……。

僕はあの山の向こう側に来てしまったのかもしれない。

そこは寒く、灰色で、冷たい雪が降っていた。

2

郡山《こおりやま》の被害は、沿岸部に比べればまだ軽いものだった。

僕の住んでいた桜之下《さくらのした》では一時的にネットや電話が繋《つな》がらなくなったくらいだった。同じ郡山市内でも地区によって被害状況はまちまちで、インフラが停止したところもあれば、ほとんど震災前と変わらぬ生活を送ることができた場所もあった。流通が滞ったため、店の棚から食料品が姿を消した。病院は避難場所となり、人であふれかえった。

一方、テレビに映し出される光景は、まさに凄惨《せいさん》をきわめていた。

凄《すさ》まじい津波が主に岩手・宮城・福島の沿岸部を襲い、甚大《じんだい》な被害を出した。さらに津波に襲われた東京電力福島第一原子力発電所は、電源を喪失し原子炉の冷却手段を失い、１・２・３号炉で炉心溶融が発生、大量の放射性物質を漏洩《ろうえい》させた。

僕は友人や揺月《ゆづき》と連絡を取りあいながら、ひたすらニュース映像を見た。

ネットが使えるようになると、一般の人がアップロードした映像を見た。茶色く濁った海が押し寄せ、建物や車が流されてゆく。撮影者の驚く声や、人々の悲鳴……。

僕はトイレに駆け込み――吐いた。

冷凍食品がどろどろに溶けた酸っぱい吐瀉《としゃ》物が喉《のど》を焼いた。涙があふれて止まらなくなった。頭のなかがぐちゃぐちゃで、目眩《めまい》がして立つこともできない。

僕と同じように、当時、被災地の映像を見て体調を崩した人が全国にいたようだ。『共感疲労』と呼ばれるものらしい。他人の苦しみや悲しみに共感するあまり、疲れ切ってしまう。

僕の場合、そこにあの特殊な幻肢痛《げんしつう》のようなものが加わった。津波が破壊しつくし、瓦礫《がれき》が残された惨憺《さんたん》たる土地は、大きな空白だった。いまだかつて経験したことのない、あまりにも巨大な空白……。胃のなかを全部吐ききってしまうと、体が透明になってしまったような気がした。どこにも力が入らず、吐瀉物まみれの便器の前に、ただただ呆然《ぼうぜん》と座り込んでいた。

3

震災発生から三日後、ドアチャイムが鳴った。

母さんが亡くなったときのように寝込んでいた僕は、朦朧《もうろう》としながらも、ドアを開けた。

影が――立っていた。

最後に会ったのは、小学三年生の、あの夏だ。地獄に落ちろと言ったあの日……。あれから五年以上が経った。父さんはすこしも変わらない姿で、相変わらず黒い服を着て、そこにいた。

「元気そうだな、ボウズ」

父さんはそう言って、ニヤリと笑った。僕の心境は複雑だった。まるでもう忘れかけていた古い醜い傷跡を再発見したような気持ち……。

僕は彼を拒むでも招き入れるでもなく、突っ立っていた。

「邪魔するぞ」

影は勝手に入ってきた。両手に提げた食料品の袋を置き、また他のものを取りに、マンションの階段を下りてゆく。僕はベッドに戻り目を閉じ、その足音を聞いた。

――それから三日間を、影と暮らした。

僕は延々と、昼も夜もなく寝たり起きたりを繰り返し、そのほとんどをベッドのうえで過ごした。目覚めると父さんの気配があった。だいたいいつも、カタカタとキーボードを打っていた。ずっと小説を書いているのだ。ニュースを見ると僕の体調が悪化するのを看破した彼は、テレビのアンテナケーブルを引っこ抜いてしまった。代わりに、延々と映画を垂れ流した。彼はディズニー映画が好きだ。僕らは特に会話するでもなく、カップラーメンをすすりながらまのプーさんやらアラジンやらの活躍を並んで見た。不思議な時間だった。まるで遠い昔に見た奇妙な夢のなかにいるようだった。

父さんは相変わらず影だった——けれど、なんとなく、親しみや心強さが感じられた。

そして、影はいつの間にか、どこかに消えた。

4

夏になっても、僕は相変わらず体調を崩していた。学校を休みがちになった。清水《しみず》がとても心配したけれど、体調不良の原因をどう説明したら良いのかわからなかった。

福島第一原発から漏洩《ろうえい》した放射性物質が全国的な問題となっていた。農作物がダメになった農家の人が自ら命を絶ったり、他県に避難した子供が避難先でいじめられたりといった、暗いニュースを毎日のように目にした。『風評被害』という言葉が有名になった。農水産物や畜産物など、ちゃんと放射線量を測り安全だと証明されたものでも、福島産というだけで売れなくなった。流言飛語がとびかい、何が本当で何が嘘《うそ》かわからなくなった。

僕はまた、花をつみはじめた。母さんの手足が失われたときのように。

けれど今度は、あまりにも空白が大きすぎた。花は幾らあっても足りなかった。

どうしようもなくて、僕はゲームの世界へ逃げ込んだ。ネットゲームだ。倒すと『花』を落とす敵がいて、延々とそれを集めた。スカタン・ボグボグと敵を叩《たた》くとチャラリラと『花』を落とす。スカタン・ボグボグ・チャラリラ、スカタン・ボグボグ・チャラリラ、スカタンタタ・ボッボボ・ボグボグ・ウェリントン・チャラリラ、ゆがんだかわいい太鼓を叩くような、リズミカルな無限の単調作業だった。けれど、不思議と痛みは落ち着いた。

本物の花でなくとも良かったのだ。それはあくまで概念的な行為だったから。

一方、揺月《ゆづき》は震災以来ずっとイライラしていた。気にくわないことが世の中に多すぎたのだ。

僕らは真夜中に家をぬけ出して、散歩をするようになった。真夜中の街はしずかで、なんの問題もないように思えた。公園の遊具はやすらかに眠りにつく大きな動物に見える。しかし現実には、大気中に放射性物質が飛びまわり、ゆるやかな毒のように汚染を続けている……。

それがとても不思議で、苛立《いらだ》たしかった。

――あの日、揺月はどうしてあんなにも怒っていたのだったか。

たしか、どこかの有名人が、未《いま》だに福島に住んでいる人間が怠慢だと発信したのだった。

いますぐ逃げ出せ。

放射能の危険性を知っていながら未だに福島に住むのか。

親のエゴで子供を甲状腺癌《こうじょうせんがん》にするな。

「うるせーよバーカ――って、感じ」めずらしく揺月が汚い言葉でののしった。「いい歳こいて冷静な分析もできないで、感情に流されて余計被害が増えるようなこと言いくさって。だいたいどの立場からもの言ってんの。みんな自分の罪でもないのに耐え忍んで暮らしてんのに、なんで安全な場所にいる人が取り乱して好き勝手言ってんの。みんな割り切れない思い抱《かか》えて生きてるのに、なんでそれっぽっちの想像力もないかな……」

気がつくと、揺月ははらはらと涙を流していた。この頃、揺月はよく泣いていた。毎日のように蘭子《らんこ》さんと喧嘩《けんか》して感情がたかぶっていたのだ。

僕は夏の夜空を見上げた。月の明るい、星の綺麗《きれい》な夜だった。ひとつ、息をついて、言う。

「……まあ、しょうがないでしょ。想像力のない人間なんて世の中に幾らでもいるし。僕だって自分に想像力があるかわかんないし」

「八雲《やくも》くんは自分の想像力のなさが誰かを傷つけないか、ちゃんと不安じゃん」

僕らは阿武隈《あぶくま》川のほとりに腰掛けた。今年は花火は打ち上がるのだろうか、と思った。

「わたし、ピアノなんか弾いていていいのかな――」揺月はとても不安そうに言った。「ピアノなんか弾いてても、何の役にも立たないじゃん。お腹はすこしも膨れないし、誰の命も助けられない。誰も救えない……」

そんなことないよ、とは簡単に言えなかった。揺月は本気で悩んでいた。僕もまた、本気で悩んで、結局、上手く言葉にすることができなくて、

「……揺月のピアノに救われる人も、きっと、いるよ」

「……そうだといいけれど」

揺月《ゆづき》は変に人気が出たせいで、演奏会をアイドルのライブか何かと勘違いして来る人がいると漏らしていたことがある。そういったことも彼女の心を弱らせていたのだろう。

重たい沈黙がおりた。川のせせらぎが変に寂しく聞こえた。ふいに、揺月が言った。

「ねえ、八雲《やくも》くん。わたしがいなくなったら、どうする?」

「えっ——?」

僕は思わず、揺月を見た。彼女は僕をまっすぐに見つめていた。

「お母さんが、福島は危ないから、卒業したらイタリアに留学しろって……」

「それで喧嘩《けんか》してたのか……」

揺月はこくりと頷《うなず》いた。

「八雲くんはどう思う?」

どこか懇願するような目だった。僕はしばらくその目を見つめて、言った。

「……留学したほうがいい」

揺月は驚いたようだった。かすかに首を横に振って、言う。

「……どうして?」

「……結局、誰にも原発がどうなるかわからないんだ。避難できるならしたほうがいい」

「……お母さんと同じこと、言わないでよ……」

揺月は突然、立ち上がった。そして、夜の川へと入っていった。

ざぶん、と音を立て、水面のしたに消えた。

僕はあぜんとし、思わず立ち上がった。

揺月はすぐに水面から顔を出した。長い髪が濡《ぬ》れて夜空よりも黒かった。

僕の心臓は不安でドクドクと脈打っていた。結局、僕も、放射線を恐れていたのだ。阿武隈《あぶくま》川がまるで毒の川のように見えていた。どれだけ美しい景色でも、汚染されているように無意識下に刷り込まれていたのだ。

「放射線なんて、クソ喰《く》らえだ――」揺月は強い目をして、そう言った。「わたしは、福島で生まれたんだもん。この土地のものを食べて、この水を飲んで育ったんだもん。そんなに簡単に離れられないよ。こんなに悲しいのに、こんなに悔しいのに、留学しちゃったらこの気持ち、誰にも伝わらなくなっちゃうじゃん。すぐに逃げ出したくせに、福島を見捨てたくせにって言われるようになっちゃうじゃん！」

そして、涙を流した。僕は揺月の激情にふれて、どこか呆然《ぼうぜん》としていた。

それは僕に欠如している感情だった。僕のなかに、福島に対するそこまでの愛情は、なかったのだ。福島を故郷だと意識したことがなかった。福島を愛《いと》しいと思ったことがなかった。

それはきっと、福島のせいではなく、僕のせいだった。

〝軽さ〟と〝軽やかさ〟の違いについて、僕は思った。それらは似ているようで、全く違う。

揺月《ゆづき》の魂は軽やかであっても、軽くはない。

僕の魂は軽やかでなくても、軽かった。

僕の魂を引く重力はどこにもなかった。学校にも。家族にも。故郷にも。

ただ、どこにも行けないからそこにいただけだ。まるで排水口のまわりをぐるぐる回る髪の毛みたいに、空白があれば吸い込まれそうになって、溺《おぼ》れて、踠《もが》いて、絡《から》まっていただけだ。

どうしてそうなってしまったのか、僕にはわからない。揺月が福島から受け取ってきた大事な何かを、僕はぼろぼろ落としながら生きてきたのだ。

短い時間のあいだにそれを悟って、僕は――恥ずかしくなった。

ヘリウムの詰まった風船みたいに軽い自分の魂が、恥ずかしくて堪《たま》らなかった。

僕は自分自身に言い訳するように、言った。

「……揺月、逃げるわけじゃないし、福島を見捨てるわけでもない。イタリアには勉強に行くんだから。良い先生に習って、もっと綺麗《きれい》なピアノを弾くために行くんだ。くだらない言葉じゃなくて、美しい演奏で気持ちを伝えられるようになるために、行くんだ」

揺月はまた沈黙した。そして、水底からぷかりと浮かびあがるひとつの泡のような声で、

「……八雲《やくも》くんは？」

「僕？」

「八雲くん、わたしがいないとダメじゃん。お祭りで掬《すく》った金魚みたいに、すぐ死んじゃうじゃん。いまもうんうん唸《うな》ってダメダメなくせに。わたしがいなくなって大丈夫なわけない」

揺月は僕の心配をしてくれていたのか、と思った。そして、考えた。

揺月がいなきゃ僕はダメだと言ったら、彼女は福島に残るのだろうか？

――そんな資格は、僕にはないと思った。重さのない僕の魂が、揺月の重たい魂を引き留めておくべきではない。地球と月が一緒にいるのは、お互いに質量を持つからなのだ。

「……大丈夫だよ。もう昔みたいな子供じゃないんだから」

揺月はうつむいて、下唇《くちびる》を噛《か》んだ。そして、腕で涙を拭《ふ》いた。彼女は岸にあがると、

「……わかった。さよなら」

僕の横をすり抜け、とぼとぼと歩いてゆく……。

その姿があまりにもいたたまれなくて、僕は思わず、呼んでしまった。

「揺月――」彼女は立ち止まった。けれど僕はやっぱり言葉を見失って、「気をつけて……」

揺月はすこしこちらを振り返りかけて、またとぼとぼと歩きだした。

彼女の白い姿が見えなくなってから、僕もまた歩きだした。

揺月の濡《ぬ》れた足跡が、点々と道路に残っていた。

僕は別の道から、家に帰った。

5

十一月に揺月《ゆづき》の新しいCDが発売された。そのジャケット写真が、彼女を激怒させた。

あの夏の日の夜――揺月が阿武隈《あぶくま》川に入り、涙を流すその姿が、なんとそのままCDジャケットとなっていたのである。写真は美しく加工されていた。揺月は夜空の月のようにほのかに白くひかり、川面《かわも》は鏡のように澄んで満天の星を映していた。

しかし、揺月の生々しい感情はそのまま、鮮やかに封じ込まれていた。

『SADNESS』――〝悲しみ〟という題がつけられていた。

副題は『傷ついた故郷への祈り』。

CDは爆発的に売れた。元々の演奏の質が素晴らしいのに加え、揺月が被災地出身だということが、センセーショナルな話題を巻き起こしたのである。そうなることを最初から計算尽くで、CDは発売されたのだ。写真を撮ったのは誰か、わかり切っていた。

北条《ほうじょう》崇《たかし》だ――。あの日、仕事の関係上、五十嵐《いがらし》家に宿泊していたらしい。どういうわけだと揺月が詰め寄ると、北条はたまたまだと答えたらしい。

「眠れなくて散歩していたら、揺月ちゃんが川に入ったのが見えて。そしたら、あんまり綺麗《きれい》な光景だったから、思わずシャッターを切ったんだよ」

本当かどうか怪しいものだ。揺月は猛然と抗議した。

「誰の許可があって、こんな隠し撮りの写真をジャケットにしたの！」

「私が許可したの――」蘭子《らんこ》さんが言った。そして、揺月に向かって、「だって、チャンスじゃない。実際、あの写真のおかげで、世界中で売れてるのよ？」

揺月は信じられない、という風に首を横に振ったはずだ。

「この、人でなし！」

そう叫んで家を飛び出し、雨のなか傘も差さずに走り、ずぶぬれで僕の家に駆け込んできたのだった。僕と揺月はあの夏の日の夜以来、冷戦状態だった。そこに逃げ込んできたわけだから、よほど他にひどい戦争が起こったということが察せられた。

泣きじゃくる揺月をどうしていいかわからず、とりあえず真っ白なタオルを渡した。

「これ……新しいやつだから……ひっぐ……水吸わないじゃーん！」

と嗚咽《おえつ》をあげながら言われ、古いバスタオルに替えたことを、妙に憶《おぼ》えている。揺月はシャワーを浴び、僕のジャージに着替えた。それでもずっと泣いていて、泣きながらひたすら申し訳ないと言っていた。他の被災者の人に申し訳ない。こんなの売名と言われて当然だ、と。

「わたし……郡山《こおりやま》に住んでて……震災のときも東京にいて……全然辛《つら》い目にあってないのに……被災地に住んでるだけで……まるで世界で一番傷ついてるみたいな顔して……家族を失った人もいっぱいいるのに……その人たちがこのCD見たら頭にくると思う……人の悲しみを利用して、って……もしもこのせいで誰かが傷ついてたらどうしよう……」

子供のように泣く揺月《ゆづき》だった。僕もなんだかちょっと貰《もら》い泣きしてしまって、こっそりアマゾンレビューや個人ブログなどでCDの評価を見て回った。どんなに良いものでも、たくさんの人が評価すれば必ず一定数の罵詈雑言《ばりぞうごん》が飛んでくるものである。

しかし、『SADNESS』についたレビューは、不思議と良いものしかなかった。

「……なんだ、みんな揺月が努力家で優しい子だってわかってくれてるじゃん」

すると揺月はますます泣いてしまった。僕はどうしたらいいのかわからなくて、とりあえず棚から田中希代子《たなかきよこ》のCDを取り出してかけた。美しいピアノの音色が流れ出した。

すると揺月はすこしだけ泣きやんで耳を澄まし、また、

「うわあぁーん……！　きよこせんせーい……！　きよこせんせーい……！」

いっそう激しく泣きはじめた。もう何をやっても泣く揺月だった。

田中希代子と揺月のあいだにもちろん師弟関係などない。田中希代子さんが亡くなったのが、1996年の2月26日。翌年の3月3日に、すれ違うように生まれた揺月だった。

それでも、記録されたピアノの音色を通してこれだけの尊敬と愛情を捧げ、『先生』と呼んで手本とし、心の拠《よ》り所《どころ》にもしている——

それがなんだかとても美しく思えて、胸が熱くなった。

揺月はピアノの音色を聴きながら、やがて泣き疲れて眠ってしまった。

まるで透明な氷がとけだしたような、しずくが頬《ほお》に一滴。

田中希代子先生の奏でる音色のような、きれいな涙だ。

五章
Chapter.5

1

僕らは高校生になった。

僕は体調を崩しながらも、なんとか市内のそこそこの進学校に入ることができた。

揺月《ゆづき》はイタリアのミラノ音楽院に留学していった。

揺月と出会ってから初めて、揺月がいない日々だった。

結論から言ってしまえば、揺月が言った通り、僕は祭りで掬《すく》った金魚みたいに生命力のないダメダメな高校生活を送った。進学校だから受験勉強をやっていかなければならず、模試の成績に一喜一憂しなければならないわけなのだけれど、僕はそんな日々に全くリアリティを感じることができなかった。震災の痛みのほうが圧倒的にリアルだった。良い大学に入ったからなんなんだ、と僕は思った。揺月がしっかり拾い集めてきて、僕が恥ずかしいくらいに取りこぼしてきたのは、成績じゃない。金持ちになりたいわけでも、人から尊敬されたいわけでも、有意義な仕事がしたいわけでもなかった。

ただ、まともな人間になりたかった。

どうしようもなく足りない何かを埋めたかった。

僕は小説を濫読《らんどく》し始めた。小学生の僕が花を集めたように、中学生の僕が『花』を集めたように、高校生の僕は『物語』を集めはじめたのだった。

きっかけは『東日本大震災における貢献者表彰』の記事をネットで見たことだった。誰かを救うために危険を顧みずに努力したり、実際に犠牲になった人々の物語が短い文章でまとめられていた。淡々とした文章なのに、読んでいて涙が出た。窮地にあって人間性を発揮した人々の勇姿が、とても美しく脳裏に思い描かれた。彼ら彼女らが救った人々と一緒に、僕までも救われたような気持ちがした。——美しい物語は、僕を救ってくれるのだと思った。僕のなかの救われない何かを救ってくれるのだと思った。

花が本物でなくとも良かったように、物語もノンフィクションでなくて良かった。ちゃんちゃらおかしい荒唐《こうとう》無稽《むけい》の虚構で良かった。空中から美しい何かを彫り出すには、嘘《うそ》という鑿《のみ》が必要なのだ。大事なのは、それが本気で作られていることだ。血と魂で書かれていることだ。荒削りでも本物がほしい。よくできた偽物なんていらない。器用に作られた商品のような小説が、僕は大嫌いだった。完璧《かんぺき》でなくとも、情熱が伝わるようなものがいい。それは子供にとっての良い親の条件と似たようなものだ。

ある日、気まぐれに父さんの小説に手を出した。悔しいけれど、良い小説だと思った。良い小説にはあってダメな小説には決してない何かがそこにあった。寿命を削って書いているような、確かな切実さがあった。けれどその削った寿命というのが母さんのものであるような気もして、複雑な気持ちだった。

揺月《ゆづき》はイタリアに行ったまま、全く連絡をくれなかった。揺月がいなくても大丈夫、と言った手前、僕から連絡するのは一種の敗北宣言であるような気がした。けれど、こっそり彼女の動向はうかがっていた。五月にYouTubeにアップロードされた動画を憶《おぼ》えている。演奏会の映像だ。揺月はシンプルな黒いドレスを着ていた。

喪に服している――

そんな風に思わせる、舞台奥の薄暗がりにすうっと消えていきそうな立ち姿だった。しとやかな演奏が始まった。フレデリック・ショパン『ノクターン 第2番』――

揺月の演奏の質が変わっていることに、気がついた。音のなかに、切実な響きがあった。星の瞬く夜空が目に浮かぶようだった。思い出したのは、田中希代子《たなかきよこ》先生のピアノだ。

揺月はまた、祈るように弾きはじめたのだ――

2

あっという間に、夏休みになった。

夏期講習が開かれたけれど、僕は一度も参加しなかった。暗い部屋のなかでひたすら本を読み、窓から夏の青空をぼんやりと眺めて過ごした。

清水《しみず》から、『甲子園《こうしえん》に出る』と連絡があったから、8月11日にテレビをつけた。

夏の甲子園が、まぶしく映し出された。

清水は一年生にして聖光学院《せいこう》の4番を背負っていた。さすがだなあ、と僕は驚嘆した。

相手は日大三《にちだい》だった。バッターボックスに立った清水は、初弾をいきなり打った。鋭い打球が飛んだ。二塁手がボールに飛びついた。すぐさま一塁へ送球。清水は滑り込む――

判定はセーフ。僕はほっと息をついた。思わず呼吸をとめていたのだった。

「清水、めちゃくちゃ足速くなってるなあ」

僕はひとり呟《つぶや》いた。甲子園では大歓声があがっていた。

両チーム無得点のまま、8回裏――ツーアウト、ランナー二塁の状況で、清水の打席がまわってきた。彼は入念にグリップを調整し、鋭い目をピッチャーの遥《はる》か背後へと向けた。そして、どこか楽しげにゆらゆらと体を揺らした。ホームランを打つ気だ――と僕にはわかった。

三球目、清水はぶんと凄《すご》い勢いでバットを振った。

快音が響いた。野球ボールが空高く打ちあがった。実況の熱狂した声――

『捉えたー！　高い！　入るか！』

入る、とわかっていた。一瞬だけ映った清水は確かに、『うわっはっはっは――！』と笑っていた。清水はいまも〝大魔神〟なのだ、と僕は嬉《うれ》しくなった。

『入ったー！　ホームラン！』

ベンチが清水を笑顔で迎え、背中をばしばしと叩《たた》いた。どこに行っても愛される清水だった。

9回の表、日大三《にちだい》は2点を返せず、1対2で聖光《せいこう》学院の勝利となった。

喜びにわく聖光学院と、涙をのむ日大三——どちらもとても立派に見えた。

ふいに、暗い部屋にぽつんとひとり座っている僕自身を省みた。

僕は一体、何をやっているのだろう——?

そう思うと、すこし、死んでしまいたくなった。

3

新学期は面談から幕を開けた。

担任の隅田《すみだ》先生は、四十代半ばの社会科の先生で、ひょろりとした長身に年がら年中ブラウンのジャケットを羽織っている、顔の四角い人だった。かけている黒縁眼鏡《めがね》も四角いからなんだか図形みたいな面相で、クラスの全員、色々な建物が先生の顔に見える病気にかかった。

先生は四角い眼鏡の奥の、ちょぼんとした目をしぱしぱさせて、

「八雲《やくも》ぉ〜、お前、やる気あるのかぁ〜」

と言った。たぶん成績のことだろうと思った。僕はすこし考えて、

「ないです」

すると先生はまたしぱしぱして、

「……でも、一応、進学校だぞぉ～」

「僕も申し訳ないと思うのですが、どうにもやる気が出ないんです」

「具合でも悪いのかぁ～？」

「そうかもしれません」

「……じゃ、カウンセリング受けなさいよぉ～。お前、頭は悪くないんだからぁ～」

「受けたくありません」

「……じゃあ三者面談だぞ、こらぁ～」

三者面談だけは絶対に嫌《いや》だった。僕はカウンセリングを受けることになった。が、受けても無駄だということもわかりきっていたので、いきなり病院の精神科に行った。治るものなら僕だって治したかった。

先生はなかなか頭の良さそうな人だった。

僕は恥ずかしさをこらえて、自分の特殊な幻肢痛《げんしつう》のようなものについて話した。

「――それで、震災のときに感じた痛みが大きすぎて、それ以来、普通の生活にリアリティを感じないんです。震災だけがずっとリアルで、いまはまるで蜃気楼《しんきろう》のなかにいるみたいです。嘘《うそ》八百で書かれた、けれど凄《すご》い小説とか、面白いゲームとか、もの凄く美しい音楽とか芸術作品とかのほうが日常生活よりよっぽどリアルに感じるんです」

先生は途方に暮れたような顔で、うしろに立っていた看護師さんと顔を見合わせた。そして、右手で頬《ほお》をこすったあと、言った。

「トテカンカンみたいな話だね」

「トテカンカン?」

「太宰治《だざいおさむ》の。——主人公は兵隊だった男だ。日本がポツダム宣言を受諾して、第二次世界大戦に敗けたとき、男はトテカンカンという金槌《かなづち》の音を聞く。それ以来、何かに熱中しようとすると、どこからともなくトテカンカンと幻聴が聞こえ、たちまちすべてが馬鹿《ばか》らしくなって、放り出してしまう——」そして、何やらノートパソコンで検索して、「あ、トテカンカンじゃなくて、『トカトントン』だねトンチンカンなこと言っちゃった」

先生が差し出したパソコンで、青空文庫の『トカトントン』を読んだ。

虚無すら打ちこわしてしまうトカトントンという音に悩む男が、筆者に送って寄越した手紙という風体の短編小説だった。『教えて下さい。この音は、なんでしょう。そうして、この音からのがれるには、どうしたらいいのでしょう』——

筆者はこういう言葉を贈っている。

『マタイ十章、二八、「身を殺して霊魂《たましい》をころし得ぬ者どもを懼《おそ》るな、身と霊魂とをゲヘナにて滅し得る者をおそれよ」』

『このイエスの言に、霹靂《へきれき》を感ずる事が出来たら、君の幻聴は止《や》む筈《はず》です。不尽《ふじん》』

「どういうことでしょう?」

僕は先生に聞いた。先生はまた右頬をごしごし擦《こす》って、言った。

「正直、よくわかんないね」

僕はまたすこし考えて、言う。

「この男って、敗戦によって、それまでの日本という国家の幻想が崩れ去ったことに苦しんでいるんだと思うんですよ。それって、信奉していた神が死んだようなものじゃないですか。それで悩む人に、敵国の神の言葉を聞かせるのって、微妙にナンセンスじゃないですか？」

「えっ、きみ、太宰治を批判してるの？」

「えっ？　あっ、これ、そういうのをわかったうえでのメタですか？」

「えっ？」

「えっ？」

「……よくわからないけど、難しく考えすぎなんじゃない？」

「いやだって、僕は実際に苦しんでいるんです。先生だって、もし家族が難病にかかったら、どんな難しいことでも必死になって考えるでしょう？」

先生は黙り込んだ。顔色がだんだん青くなっていた。

「たぶん先生が『トカトントン』を思い浮かべたのは、敗戦と震災の類似性によってだと思うんですよ。主人公はこれまで強く信奉していた日本国家という幻想を打ちこわされて虚脱状態になっている。敗戦後の日常に適応できないでいる。一方、僕は最初から何も信じていなかったんですよ。神も仏も最初からない。日常の世界が津波によって壊されて、また日常に帰ってきただけなんです——」

もうたくさんだ、という風に、先生は手をかかげた。

「……わかった、わかった。きみは震災のショックで頭がすこしおかしくなってしまっているみたいだ。薬を出すからちゃんと飲みなさい」

「震災のショックでおかしくなったわけではないです。もとからすこし変なんです」

「……ああ、もう嫌《いや》だ嫌だ嫌だ……！」先生は突然大きい声をあげた。「精神科医になんかなるんじゃなかった……！」丸椅子《いす》のうえに両膝《ひざ》を抱《かか》えて座って、右頬《ほお》をがしがしと擦《こす》り、しくしく泣きながら、くるくると回った。「お前らは、あ、あ、頭がおかしい～んだよ……！　気持ち悪いんだ……！　いかれぽんちはわたしの病院に来るな……！　立ち入り禁止だ……！　正常な人だけわたしの所に来なさい……！」

ぎょっとしていると、後ろに立っていた看護師さんが慣れた手つきで先生の背をさすり、申し訳なさそうに僕を見て言った。

「ごめんなさいね。患者さんのひとりが自殺しちゃってから、調子が悪いのよ」

僕はやや呆然《ぼうぜん》としながら、

「……医者に診てもらったほうがいいんじゃないですか？」

「このひとが医者なのよ」

そういえばそうだった。僕は診察室を出て、院内薬局で抗うつ薬を受け取った。

帰り際、先生のことが気になって、病院の裏手のほうに回って、診察室の窓を見上げた。

——ぎょっ、とした。先生が窓からこちらを見下ろしていたのだ。どこかしょんぼりとしたような、実体からバターナイフで切り離された影のような、さみしい姿だった。

「お大事に」

ぽつん、と先生は言った。僕はなぜかその姿に強く胸を打たれた。

「どうも」

僕は一礼して、病院をあとにした。

たぶんずっと、先生は僕の背を見送っていた。

4

抗うつ薬は、意外と効いた。

何を見るにも少なからず感じていた痛みが、ややうっすらとしたような気がした。感覚がくるりとねじれてしまう前に見ていた通常の世界が、眼前に蜃気楼《しんきろう》のようにゆらめいた。なぜだかとても懐かしい気持ちになった。薬を飲むと感覚が変わって本が上手く読めなくなるので、そのあいだは音楽を聴いた。瑕疵《かし》に気がつきにくくなるので、いつもより美しく聴こえた。

――果たして、聴く耳がある人とない人とでは、どちらが幸せなのだろうと思った。

でも結局、抗うつ薬には救われないのだった。薬がなくなってしまうと、美味《おい》しいラムネをすっかり食べてしまったようなさみしさだけが残った。僕はもう二度と病院には行かなかった。

一方その頃、揺月《ゆづき》はどうやらショパンに傾倒しているようだった。

僕はポロネーズを聴きながら、ショパンについて調べた。

ショパンはロマン派時代の、ポーランド生まれの作曲家だ。幼い頃から才能に恵まれ、七歳の頃には『ポロネーズ ト短調』を作曲していた。生涯を通じて結核に悩まされたショパンは、十七歳のとき同じ病で妹を亡くしている。

1830年11月2日、二十歳のとき――すでに演奏家・作曲家として成功していたショパンは、国内情勢の悪化もあり、故郷を離れることを決断する。当時のポーランドはロシア・オーストリア・プロイセンに分割統治されており、独立運動が起こりつつあった。

『ただ死ぬために出発するような気がします』――

友人に宛てた手紙のなかに、そんな言葉があるそうだ。何か不吉な予感があったのだろう。嘘《うそ》か本当かわからないが、コンスタンツィア・グワドコフスカと交換した指輪、それと祖国の土が入った銀の杯を携え、ショパンはオーストリアのウィーンへと旅立ったという。

1830年11月29日、十一月蜂起《ほうき》が起こった。武装した市民がロシア軍をワルシャワ北方へと追い出したのである。愛国者のショパンは革命に加わろうとするが、友人のテイトゥスに

『君は音楽で祖国に奉仕するべきだ』と諭《さと》され、ウィーンに留《とど》まったという。

しかしウィーンでは十一月蜂起を受けて反ポーランドの風潮が高まり、ショパンは冷遇された。結局、ショパンは大した成果も得られぬまま、ウィーンをあとにする。

そして、ドイツのシュトゥットガルトにて、ワルシャワの革命軍がロシア軍に鎮圧されたことを知る。さぞかし、辛《つら》い日々を過ごしたことだろう。祖国の家族や友人の安否を心配し、孤独に苛《さいな》まれる日々……。心も張り裂けんばかりの悲しみが襲ったはずである。

結局ショパンは出発前の不吉な予感通り、二度と故郷の土を踏むことはなかった。

僕はなぜ揺月がショパンに傾倒したか、わかったような気がした。

故郷を思いながら故郷に帰れない悲しみ、故郷を傷つけられたやり場のない怒り——そんな感情を曲に込めることしかできなかったショパンに、自分を重ね合わせたのではないだろうか。

1831年12月25日、ショパンはテイトゥスへの手紙で内心を吐露している。

『僕は表面的にはあかるくしている。とくに僕の「仲間内」ではね（仲間というのは、ポーランド人のことだ）。でも、内面では、いつも何かに苦しめられている。予感、不安、夢——あるいは不眠——、憂鬱《ゆううつ》、無関心——生への欲望、そしてつぎの瞬間には死への欲望。心地よい平和のような、麻痺《まひ》してぼんやりするような、でもときどき、はっきりした思い出がよみがえって、不安になる。すっぱいような、苦いような、塩辛いような、気持ちが恐ろしくごちゃまぜになって、ひどく混乱する』

この文章を読んで、僕は自分の内面を描写されたような気持ちになった。揺月《ゆづき》も同じような思いを抱いているに違いないと確信した。『ZAL《ジャル》』という言葉がポーランド語にはあるそうだ。それはポーランド人特有の感情であるという。「わびしい諦念《ていねん》」「深い恨みのもと」「激しく反発する抗議」「本来あるべきものを失った悲しみ」……巨大な喪失感とそれに伴う憎しみや悲しみ、呆然《ぼうぜん》と立ちすくむような無力感であると僕は解釈した。

被災した僕らは『ZAL』を感じたのではないだろうか？

そう思うと、トカトントンの主人公が感じた思いも、『ZAL』に近いものだったのではないかという気がする。彼もまた故郷にいながら、敗戦によって故郷を失ったのである。

ではなぜ、『ZAL』はショパンや揺月のピアノを美しくしたのだろう？

シューマンはショパンの作品を、『花々のあいだに大砲が隠されている』と表現したらしい。一見、華やかで優美な音楽の陰に、情熱や悲しみ、反骨精神が潜《ひそ》んでいるという意味であろう。

僕らは可憐《かれん》な花々に目を奪われるが、ショパンが本当に表現したかったのは大砲のほうなのではないかと僕は思う。大砲を大砲のまま差し出しても、人々はそれを受け取らない。だから花で覆い隠し、花束にして手渡したのだ。そこに人間らしいいじらしい美しさが生まれる。

僕は死者たちに捧げられてきた無数の献花を思い出す。霊前にすうっと美しい花を供えるあの手つき。そして、恐ろしい武器を美しい花で包む、ショパンの手つき。

それらは、祈りの手つきではないだろうか。

神に祈るほど堅固ではない、しかし優しい手つきだ。

そういった静かな祈りの手つきこそが、ピアノを美しく歌わせるのではないか……。

5

僕もまた、祈っていたのだろうか。

聖書をめくるように、小説をめくっていたのだろうか。

いつか暗い穴が埋まるように、花束を投げ続けていたのだろうか。

でも祈ることで生活できるのは僧侶《そうりよ》くらいのもので、ただの男子高校生たる僕はあいかわらず落伍《らくご》者への道を一直線に突き進んでいた。どうしても勉強ができなかった。勉強していると死んでいるようだった。馬鹿《ばか》だな――と、同級生の関ヶ原《せきがはら》が言った。

「そんなんじゃ福島に取り残されるぞ」

「えっ、どういうこと？」

夕暮れ時の教室だった。僕の机のうえには、最後の授業の教科書がそのまま載っていた。授業を受けるふりをして本を読んでいたら、いつの間にか終わって夕方になっていたのだった。

「福島に残るやつなんて負け組だよ。福島はもう、終わってるもん。っていうか、もとから終わってる。向上心のない、馬鹿なまんまでも平気な馬鹿ばっかだし、それでいて他人の足を引っ張るのには一生懸命だし。偉そうだし。冷やし中華にマヨネーズかけるし」

「お前も偉そうだし、冷やし中華にマヨネーズかけるじゃん」

「……そこは俺の可愛《かわい》いところだから見逃せよ。福島は負け犬の土地だって言いたいの」

「負け組とか負け犬って概念がそもそもなかった」

「お前いつも恥ずかしいとか言ってるじゃん。恥ずかしいやつらが負け犬だよ」

「僕が恥ずかしいのはいつも自分だけだよ」

「その感覚を他人に敷衍《ふえん》してみろよ。福島は恥ずかしいやつらの吹き溜《だ》まりだよ」

僕は一応やってみた。

「……ごめん、怒んないんでほしんだけど、真っ先にお前がなんか恥ずかしい」

「……チッ」と関ヶ原《せきがはら》は舌打ちして、席を立った。そして捨《す》て台詞《ぜりふ》的に、「お前も結局クソ負け犬になるんだよ、バーカ！」

そして肩を怒らせて帰っていった。『お前はなんか他の馬鹿《ばか》とは違う気がする』なんて言って近づいてきたのに、ずいぶんあっさりと手のひらを返したものだ。

後日、関ヶ原は僕から離れて他のグループに移ろうとして失敗した。わりと嫌われていたのだった。結局、僕のところに戻ってきて、お昼に冷やし中華にマヨネーズをかけて食べた。

そこが、関ヶ原の可愛いところだった。

6

僕は高校二年生になった。

中学生までは一年ごとに何かが進んでいく感覚があった。けれど高校に入ってから、同じ場所で足踏みを繰り返しているような感覚が拭《ぬぐ》えなかった。ただ、部屋の隅に本が積み重なっていっただけだ。何も変わらないまま、季節だけが過ぎていった。

——夏になった。清水《しみず》はまた、甲子園《こうしえん》に行くはずだった。けれど、それは叶《かな》わなかった。

事故に遭ったのだった。小雨のなか早朝ランニングをしていたら、見通しの悪い交差点で、時速80キロも出していた乗用車にはねられた。

僕は凶報を受けるなりすべてを放り出して、清水が担ぎ込まれた福島市の病院へと向かった。病院には、連絡を受けた中学時代の野球部男子がすでに三人、清水のチームメイトも八人いた。そこには相田《あいだ》の姿もあった。高校に入って少しチャラついていた。あとからどんどん人が増え、最終的に二十八人になった。手術室の前で清水の無事を祈る僕らはまるで、ロッカー室のなかで大事な試合を前に緊張している野球部員に戻ったかのようだった。

——やがて、『手術中』のランプが消え、執刀医が出てきた。

「先生……！　清水は……？」

相田が訊《き》いた。執刀医はマスクをとり、にっこりと笑って、

「大丈夫ですよ」

僕らはほっと胸を撫《な》でおろし、安堵《あんど》の笑みを浮かべた。

――その笑みは、清水《しみず》を前にして、死んだ。

清水は左脚の膝《ひざ》から下を失っていた。膝の先っぽは、包帯をぐるぐる巻きにされて蚕繭《さんけん》のようになっていた。昨年の夏、日大三《にちだい》戦、清水が一塁に滑り込んでセーフだった場面を、僕は思い出した。清水は足も速かったのだ。打って走るための脚が、失くなってしまった……。

僕は清水の脚が失われた空白に、ひどい痛みを感じた。それがあまりにひどくて、悲しくて、僕は思わず泣いてしまう。すると、病室にぎっしり詰まっていた他のやつらも泣きだしてしまった。左脚の他にも全身傷ついてミイラ男みたいになって、ぼんやりしていた清水はあわてて、

「みんな、泣くなよ、大丈夫だから」

と、妙に明るい笑顔で言った。

「オレ、殺しに行くわ――」と、突然、僕の隣にいた相田《あいだ》が、真っ青な顔で言った。「好き勝手クルマぶっ飛ばして清水の脚うばいやがったやつ、ぶっ殺してくる」

そして人混みを割って病室から出ていこうとする。たちまち混乱が巻き起こった。

「わーっ！　やべえ！　相田とめろ！」

聖光《せいこう》学院野球部のマッチョが相田をがっしりホールド、床に倒れ込んだ。そのうえに次々と野郎どもが飛びかかり、相田を押さえ込んだ。相田はほっぺをリノリウムの床に押しつけられ

て、ひょっとこみたいな顔になりながら、

「うう……ちきゅしょう……チクショウ……！」

とても悔しそうに泣いて、涙と鼻水で水たまりをつくった。

「俺、ほんとに大丈夫だから、みんな、ほんとに泣かなくていいから」

清水だけが、最後まで笑顔だった。

7

清水は実家近くの病院へと転院した。病室には見舞いの客が絶えなかった。色鮮やかな花や果物がいつもテーブルのうえにあった。清水はいつもまるっとした笑顔で、まるで幸せな国の王子さまみたいだった。見舞い客のなかには女の子もいた。小林《こばやし》暦《こよみ》だった。彼女は小学校を卒業すると同時に相馬《そうま》のほうへ越していて、僕はそれ以来会っていなかった。いつの間にか清水と仲良くなって、連絡を取り合っていたらしい。

彼女は大人しくて目立たないけれど、可愛《かわい》らしい女の子になっていた。

ある日、見舞いに行ったとき、小林がりんごの皮をむいてあげているシーンに出くわした。

小林はくし形切りにしたりんごを、全部うさぎさんにしていた。とても丁寧な包丁さばきで、それだけで几帳面《きちょうめん》な性格と優しさがわかる気がした。うさぎができあがると、小林はにっこり笑って、清水《しみず》に渡す。清水は嬉《うれ》しそうにじっくり見てから、ぱくりと一口で食べる。その繰り返し。まるでうさぎたちがぴょんぴょこ跳びまわり巣穴に帰っていくみたいだった。

清水も小林《こばやし》もどちらも可愛《かわい》らしくて微笑《ほほえ》ましい。僕は幸せな気分で来た道を引き返した。

清水の見舞いに行った数は、僕が誰よりも多かった。小林は相馬《そうま》に住んでいるからそんなにしょっちゅう来られないし、みんな勉強やら部活やら恋愛やらで忙しいのだ。その点、僕は圧倒的に暇だった。流氷のうえでぼーっとしているアザラシのように暇だった。

清水もそれがわかっていて、しょっちゅう『やっちゃん来てー』とメッセージを送ってくる。僕は『おう』と返す。いま確認したら、一度も断った形跡がない。清水の失われた脚を埋めるために花をつんで行こうとしたが、毎回持っていくのも迷惑なので、代わりに古本屋に寄って『ジョジョの奇妙な冒険』を一巻ずつ買っていった。清水は案の定ハマって、『スカーレットオーバードライブゥ！』とかやっていた。アホだ。僕もやった。アホなのでとっても楽しい。

清水はときどき幻肢痛《げんしつう》を起こした。無いはずの脚が痛むのだ。そういうときいつも、清水はウッと唸《うな》って歯を食いしばり、左膝《ひざ》を抱《かか》えた。僕もまたその膝先の空白に痛みを感じながら、清水の広い背中を撫《な》でた。

聖光《せいこう》学院は清水なしで甲子園《こうしえん》に行った。中学時代の野球部員がみんな集まって、病室のテレビから応援した。相田《あいだ》はなぜか『吹き戻し』——ピューっと吹くと紙筒がビヨーンと伸びてクルクルと元に戻るあのオモチャ——を持ってきていてピロピロうるさかった。

聖光学院は一回戦、4－3で愛工大名電に勝利した。

六日後――今度は福井商との対戦になった。

またみんなで集まったわけだけれど、相田はまたなぜかあのピロピロを持ってきていて、そのうえ彼女と別れ話でモメているらしく本当にうるさかった。

1回裏に福井商が1得点、その後は互いに無得点のじりじりした展開が続き、ついに6回表に聖光学院が追いついた。僕らは喜びのあまり騒ぎすぎ、看護師さんに注意された。そして8回の裏、福井商がまた1得点した。僕らは頭を抱えた。相田は彼女にフラれた。

9回表、聖光学院は1点を返すことができず、敗北した――

清水がいたら、勝てていたかもしれない、と僕は思った。

画面に敗退し涙を流す選手たちが映し出されると、おうおうおう、と変な声がした。

見れば、清水が嗚咽《おえつ》しているのだった。いままでずっと笑っていた顔が、ひどく歪《ゆが》んでいた。心の奥底に秘めていた感情があふれ出して止まらなくなってしまったのだろう。悔しさや悲しさ、申し訳なさが痛いほど伝わってきた。

僕らも貰《もら》い泣きしてしまった。みんな、清水の活躍が見たかったのだ。

8

十一月の初め、冬の寒さが忍び寄る頃、ようやく清水《しみず》は退院した。

『ジョジョの奇妙な冒険』は、ちょうど六十三巻、第五部が終了するところまで溜《た》まっていた。

清水はリハビリステーションに移動し、訓練をすることになった。仮義足を履き、社会復帰できるようにトレーニングするのだ。

「義足って高いんだろ?」

と訊《き》くと、清水は、そうでもないよと言った。

「身体障害者手帳の4級をもらったから、仮義足は3割、本義足は1割の負担ですむらしいんだ。それに、慰謝料も五千万くらいもらったし」

五千万が多いのか少ないのか、まるで判断がつかなかった。

仮義足を履き、歯を食い縛って訓練する清水を、僕は訓練室の窓の外から見た。全身の筋肉が落ちてしまっていて、簡単な動作でも辛《つら》そうだった。清水はまた走れるようになるのだろうか、と僕は不安に思った。

——高校が冬休みに入る頃、揺月《ゆづき》のゴシップが出た。ミラノ音楽院に通う男が、フェイスブックに揺月とのツーショットをアップしたのである。背景はどこかの広場で、男は背の高い金髪碧眼《へきがん》のハンサムだった。将来有望なピアニストらしい。こんなCGみたいな美男子がいるんだなあ……と変に感心しつつも、やっぱり僕は焦った。彼氏だろうか?

揺月自身はなんら個人情報を公開していないから、思わぬところからの情報漏洩《ろうえい》といった風情だった。ネットの一部では話題となっていたけれど、それ以上の情報は出なかった。

僕は揺月にメッセージを送ろうか悩んだ。彼女がイタリアに行ってから、一度も連絡をとっていなかった。『久しぶり』と文字を入力して——消した。なんだか未練たらしくて気持ち悪い気がした。あきらめて、動画サイトにアップロードされている揺月の新しい演奏を聴いた。

彼女の演奏はどんどん美しくなっていた。

すこしも変われない自分が恨めしかった。

9

このままじゃ駄目だよ、と清水が言った。僕は読んでいた本から顔をあげた。

二月の半ば、夕暮れの病室、もうすぐ夜になろうかという頃合いだった。事故以来、鼻がちょっと曲がった清水だったが、まっすぐな目をして、

「やっちゃん——やっちゃんはいつまでもこんなことしてちゃ駄目だよ」

いつになく真剣な調子に、僕は呆然《ぼうぜん》とした。いつもにこにこしているのが清水だ。こんなふうに真面目で凛々《りり》しい顔をしているところは全然見たことがなかった。

「……えっ、こんなことって？」

清水はすこし間《ま》をおいて、言う。

「おれは七月に事故にあって、片脚を失って、十一月に退院した。そこから三ヶ月トレーニングして、もう仮義足で十分に歩けるようになった。脚が一本失くなって、また生えたみたいなもんだよ。それだけの時間が経ったんだよ」

「また生えたって……」

僕はベッド脇《わき》にずらりと並べてある『ジョジョの奇妙な冒険』を見た。もう最新刊まで追いついてしまって、最後のほうは中古本の値段もあがって大変だった。荒木飛呂彦《あらきひろひこ》先生の二十年以上にわたる仕事をぜんぶ読んでしまうくらいの時間も経ったわけだ。清水《しみず》は言う。

「おれは本義足を履いて学校に戻ったら、野球部に復帰するよ。それで必死になって練習して、甲子園《こうしえん》に出る。そして、ホームランを打つ。――やっちゃんは?」

凄《すご》いことを言うやつだと思った。僕は面食らった。

「僕は……別に……」

「やっちゃんはさ、自分で思ってるより、ずっと凄いやつだと思うんだよ。何かをやれるやつだと思う。けれど、このままじゃ本当に駄目になっちゃうんじゃないかと思う」

僕は途方に暮れた。清水は僕にとって大らかさの代表選手みたいな存在だったのだ。その彼にこのままじゃ駄目だと言われてしまった。それほどまずい状況らしい。

「……けど、いまさら、どうしていいかわかんないよ」

すると清水は、あらかじめ考えていたらしきことを言った。

「やっちゃんは小説を書けばいいんじゃない？」

「小説……？」僕はびっくりして言う。「えっ、なんで小説？」

「逆に、なんで書かないのかわからないよ。ずっと小説読んでるし、お父さんも小説家なんでしょ？　才能あるんじゃない？」

「……いや、ないない」顔の前で手を振った。「読む専門で書こうと思ったこともない」

「おれはあると思う」

「えっ、なんで？」

「覚えてないの？　おれが甲子園に出られたのは、やっちゃんの作文のおかげなんだよ」

それは、小学一年生のときのことだったという。清水は少年野球に入っていたが、体が大きいだけで運動は嫌いで、親に言われて仕方なくやっていたらしい。練習があるたび、憂鬱《ゆううつ》な気分になっていたという。そんなある日、授業参観のとき僕が作文を読んだ。

『しろいくも』という題名の作文——

清水がバッターボックスに立ち、カン、と快音を響かせ、勢いよく走りだす。雲ひとつない青空に、白い野球ボールが高く打ち上がる。

『それがなんだか、雲のようで、自由な鳥のようで、とても気持ちよく、ぼくはなんだか、うわっはっはとごうかいに笑いたいような気がしました。こんなにすごいことができる清水くんはなんてえらいんだと思いました』

「――おれはそれから、野球が楽しくてしょうがなくなったんだよ。そしたら野球をやってる自分もなんだか好きになれた。やっちゃんのお陰なんだ」

僕はそのことを、全然憶《おぼ》えていなかった。清水《しみず》に言われて、かすかに思い出した。その作文を読み終わったとき、右斜め前の席にいた清水が振り返って、にっこり笑った。先生に褒められ、授業参観に来ていた母さんにも褒められたはずだ。『やっぱり龍之介《りゅうのすけ》さんの子供だね』と。その言葉がとても嬉《うれ》しかったような気がする。

そういえばあの日からずっと、清水は僕の友達でいてくれたのだ。

なぜだか、じんわりと涙が出てきた。清水もまたじんわりと涙をにじませながら、

「あの作文、あんまり嬉しかったから、やっちゃんから貰《もら》ったんだ。おれの部屋の額縁に、いまだに飾ってあるよ。毎日読んでるんだ」

「そうだったのか……」

あの清水の『うわっはっはっは』も、僕の作文がもとだったなんて、想像もしなかった。

「だから、いまのおれは、やっちゃんのたった原稿用紙一枚の作文がつくったんだよ。おれ、こんな体になっちゃったけど、でも、まだまだ頑張るから。やっちゃんが凄《すご》いってこと、おれが証明してみせるから。だから騙《だま》されたと思ってさ、ちょっぴりおれのこと信じて、小説書いてみてくれないかな……?」

そして清水はにっこりと笑った。あの日からずっと変わらない、子供みたいな笑顔だ。

10

僕は小説を書きはじめた。

ウィンドウズPCでWORDを開き、とりあえず何か文字を打った。けれどそれが一向に物語になっていかなかった。まるで記憶喪失の尺取り虫がいちから歩きかたを覚え直そうとしているかのような、無様《ぶざま》な試行錯誤だった。

あんなに膨大な物語を呑《の》み込んできたのに、どうして何も出てこないのだろう。どうして僕の頭は虚《むな》しい壺《つぼ》のようなのだろう。そんなふうに思った。

まるまる一ヶ月はなんの話も浮かんではこなかった。——が、その苦しみを乗り越えると、今度は気持ちが悪いほどアイディアがわいてきた。まるで沸騰した鍋の底からあぶくがほとばしるかのように。僕は見えない水が熱されるまで、ただひたすら待つ必要があったのだ。

そして今度は、自分の文章のあまりの下手さに苦しんだ。一流のものばかり探して読んできたので、目ばかり肥えてしまっていたのだ。他人が書いた小説を容赦なく切り刻んできた視線が、今度は自分の小説を切り刻む。つまらない小説に吐いてきた呪詛《じゅそ》の言葉が、今度は自分の小説にふりかかる。人を呪《のろ》わば穴二つとはよく言ったもので、呪いは巡り巡って必ず返ってくるものなのだ。呪いをさらに返すために、命がけで小説を書かなければならない。けれど本気になればなるほど、自分の下手さがよりいっそう耐えられない。あまりに集中しすぎるのか、文章の下手さに耐えられなくてよく吐いた。僕の体はいったいどうなっているのだろうと思った。自分で文章を書き、その文章が下手だとゲロを吐く生き物の存在理由がわからない。これほどアホらしいマッチポンプがあるだろうか？

四月、僕は執筆を放り投げた。そして、ふと、聖光《せいこう》学院に行ってみようと思った。

土曜日の午前七時半。郡山《こおりやま》駅から電車に乗り、福島駅で降り、さらに伊達《だて》駅へと移動した。約一時間半の道程である。午前九時にはもう、聖光学院についてしまっていた。

こっそりとグラウンドを覗《のぞ》くと、すでに野球部が練習を始めていた。僕は清水《しみず》の姿を探した。

――いた。清水は、集団から離れ、グラウンドの隅でひとり黙々と体を動かしていた。やはりまだ動きに違和感がある。左足の義足は、右足よりもやや細く見える。

ぶん、ぶん、と清水はバットを振った。体の軸がずれて、以前とフォームが変わってしまっている。なんとか修正しようとしているのがわかった。歯を食い縛っている。まるで通り雨にあったみたいに、顔が汗でびしょ濡《ぬ》れになっている。

やっぱり、清水は本気なんだ。本気で甲子園《こうしえん》に行くつもりなんだ――

そう思うと、胸が熱くなるような気がした。こんなことをしている場合じゃない――そう思って、すぐに聖光学院をあとにし、郡山に戻った。

そしてまた、下手くそな小説を書き始めた。

11

五月、最初の小説ができあがった。

たとえどんなものでも完成すると嬉《うれ》しいもので、僕はひとり部屋で舞い上がった。なんだか傑作であるような気もしてきた。これを、どうしよう――

迷ったすえ、ネット上で厳しい批評をしているコミュニティーに公開することにした。

結果――さんざんであった。『よくわからない』というのが主な感想だったように思う。起承転結の流れが不明瞭《めいりょう》で、どう感情移入していいのかわからない。文章表現には所々、おっ、と思うところがあるけれど。

やっぱり僕は感性がすこし変なのだということを自覚させられた。小説の読み方も書き方も、他人とズレているのだ。これでは、誰も僕の小説を読んでくれないし、何も伝わらない――

あまりの挫折《ざせつ》感から、その日は昼間から布団にくるまった。そして、揺月《ゆづき》との差を思い知った。彼女の演奏は何億人にも届いている。けれど僕の小説はたったひとりにすら届かないのだ。

――目が覚めると、頭が割れるように痛かった。二十時間以上も眠っていたのだった。

僕は布団から這《は》い出し、映画を見始めた。名作ばかり連続で見た。そしてその映画に対する人々の評価を注意深く読んだ。どうすれば作品は面白くなるのか。人々はどのように鑑賞し、どのように感じるのか。何を見抜き、何を見抜けないのか。――そういったことをひたすら学習した。それは一般人をシミュレートするようなものだった。足りない僕は、努力して普通の人間のフリをしなくてはならないのだと思うと、悲しかった。

しかしその作業も、今にして思えば、祈りの時間だったように思う。大砲のままでは、誰にも伝わらない。花束のなかに隠さなければならない。そのための花を、ひたすら拾い集めていたのだ。拾い集めるのが、僕の人生なのだ。

12

あっという間に、夏になってしまった。

同級生が夏期講習で忙しくしている傍《かたわ》ら、僕は映画を見たり小説を読んだりして、駄文を書いては捨てていた。作品はまだ一行も書けていなかった。何か書きたい物語の感触のようなものはあるのだけれど、いつも書き出しでつまずいた。本当にこれでいいのか？　と疑心暗鬼になるのである。見えない誰かの批判の声がどこからともなく飛んでくるような気がした。

全国高等学校野球選手権福島大会にて、聖光《せいこう》学院は日大東北《にちだい》を破り、甲子園《こうしえん》出場を決めた。清水《しみず》は厳しい練習を自らに課し、乗り越えたに違いない。彼はベンチ入りを果たしていた。しかし出場機会には恵まれていなかった。他の選手たちも優秀なのだから、片脚になったばかりの清水には、信じられないほど高いハードルだったに違いない。複雑な思いを抱《かか》えて、それでもベンチから仲間を応援する清水の姿を、僕は観客席からこっそり見ていたのだった。

そして、８月19日――甲子園球場にて、聖光学院は佐久長聖と対戦した。

僕は中学時代の仲間たちとともに、甲子園球場まで応援に行った。よく晴れた、うだるように暑い日だった。気温は30度を超えていた。日差しも強く、相田《あいだ》はしきりに日焼け止めクリームを塗りたくっていた。２－４で聖光学院が勝った。僕らは大喜びしたが、複雑でもあった。

清水は結局、一度もバッターボックスに立てなかったのである。

僕らは兵庫に宿をとり、ぐだぐだと遊んだ。なんだか修学旅行のような気分だった。

「八雲《やくも》はいま何やってんの？」「小説書いてる」「えっ、すげー！　どんなの？」「まだ一行も書いてない」「えっ、それ書いてないじゃん……」「書いてないけど書いてるんだよ……」

みんな、狐につままれたような顔をしていた。なんて説明をすればいいのかわからない。

８月21日――聖光学院は近江《おうみ》と対戦した。

この日もひどい暑さだった。試合展開もじりじりするようなものだった。５回裏まで互いに無得点、そして６回の表、近江が先に１得点したのである。７回――８回――どうしても１－０のまま得点が動かない。９回表、危なげなく近江を無得点に抑えた。そして、運命の９回裏――なんとそこで、聖光学院は２得点して逆転サヨナラ勝ちした。厳しい展開だっただけに、喜びもひとしおであった。

しかしこの日も、清水《しみず》はバッターボックスに立てなかった。

13

8月22日——聖光《せいこう》学院対日本文理《にほんぶんり》。

この日もよく晴れていたが、心持ち昨日よりは過ごしやすい気温だった。

しかし、試合展開は厳しかった。日本文理は1回2回と1得点ずつ挙げているのに対し、聖光学院はなかなか点を取ることができない。その後は6回裏まで両チーム無得点。そして7回の表、日本文理が1得点した。追う聖光学院にとって、非常に痛い1点だった。8回は両チーム無得点。そして9回表、止めを刺された。日本文理が一挙に2得点したのである。0－5。

絶望的な状況であった。9回裏、もうあとがない聖光学院。——しかし第一打者はフライでアウト、第二打者は遊ゴロでアウトになってしまった。あっという間の、ツーアウト。

観客席の僕らは頭を抱《かか》えた。終わってしまう。

清水の最後の甲子園《こうしえん》がもう、終わってしまう。

——そのときであった。

『代打——背番号——13番——清水健太郎《けんたろう》——』

清水の名前がアナウンスされた。最後の最後、監督は清水にチャンスをくれたのだ。

清水がベンチから出てきた。

「清水……！」「清水だ……！」「清水ぅーっ！」

僕らは興奮して叫んだ。遠目からでも清水の左足はやや細く見える。義足の清水がベンチ入りしたことは一部では有名で、周囲にもその話をしている人がいた。

清水はバッターボックスに立った。空を仰いで、大きく深呼吸した。──万感の思いだろう。ただこの瞬間のために、ひたすら努力を積み重ねてきたのだ。

清水はバットを構えた。そしてとても楽しそうに、体をゆらゆらと揺らしだした。

僕の目にはもう、涙がにじんでいた。

清水はまだ、野球が大好きなのだ。そしていま──ホームランを打つ気なのだ。

ピッチャーが投げる。カン、と高い音を立て、ファールボールが空高く上がる。どよめきが起こった。清水の振りの豪快さに対してだった。

二投目──。ボールは内角低めに吸い込まれていった。清水はぶんと振ったが、どこか不自然な動きであった。義足だと内角低めが難しいのかもしれない。

三投目──。相田《あいだ》たちが叫ぶ。「清水ー！　打てーっ！」思わずあっと声が出た。キャッチャーはさっきと同じコースにグローブを置いたのである。僕も思わず叫んだ。

「打てーっ！」

清水がバットを振った。まるで最初からコースを読んでいたかのような、豪快な振り方だった。内角低めのボールを芯《しん》で捉えた。

快音が響いた。

野球ボールが空高く舞い上がった。

雲ひとつない青空を背景に、まるでちいさな雲のように。

歓声があがる。相田《あいだ》たちが叫ぶ。

「入れーっ！　入れーっ！」

入る——と、僕にはわかっていた。清水《しみず》が、笑っていたからだ。

「うわっはっはっは——！」

〝大魔神〟が、笑いながら、甲子園《こうしえん》のベースを気持ち良さそうに回っていた。

ボールは、観客席に入った。ホームラン——！　大歓声が清水を包んだ。惜しみない拍手が義足のバッターに贈られた。清水はガッツポーズをして「どうだっ！」と叫んだ。「どうだっ！」そしてまた豪快に笑いながら、二塁を回った。その笑い声に、泣き声が混じった。清水は顔を歪《ゆが》めて、号泣しながら、笑いながら、走る——。僕らも涙を抑えることができなかった。

相田たちは立ち上がって、拳を空に向かって突き上げ、ぼろぼろ泣きながら叫んでいた。

「清水ーっ！　清水ーっ！」

僕は座ったまま、顔を覆って声をあげて泣いていた。

どうしても、立ち上がることができない——

ありがとう、と僕は心のなかで繰り返し言った。

ありがとう、清水。

僕は小説を書くよ——

六章
Chapter.6

1

小説を書きだしてから、『トカトントン』に対する見方が変わった。

あれは読者と小説家のあいだに交わされた手紙なのではなく、小説家と小説家のあいだに交わされた手紙なのだ。手紙の途中に、男が小説を書こうとして挫折《ざせつ》する描写がある。

『オネーギンの終章のような、あんなふうの華やかな悲しみの結び方にしようか、それともゴーゴリの「喧嘩噺《けんかばなし》」式の絶望の終局にしようか、などひどい興奮でわくわくしながら、銭湯の高い天井からぶらさがっている裸電球の光を見上げた時、トカトントン、と遠くからあの金槌《かなづち》の音が聞えたのです』そして手紙の末尾に、『私はこの手紙を半分も書かぬうちに、もう、トカトントンが、さかんに聞えて来ていたのです。こんな手紙を書く、つまらなさ。それでも、我慢してとにかく、これだけ書きました。そうして、あんまりつまらないから、やけになって、ウソばっかり書いたような気がします。花江さんなんて女もいないし、デモも見たのじゃないんです。その他の事も、たいがいウソのようです。しかし、トカトントンだけは、ウソでないようです。読みかえさず、このままお送り致します』

なんとなくこの文章の裏に、『小説を書きたい』という欲望が見え隠れするような気がする。ウソを書くことで手紙は小説になる。そして手紙の体裁をとることで自分の小説をちゃっかり本職の小説家に読んで貰《もら》っているのだ。それを見抜いた小説家はこう返す。

『マタイ十章、二八、「身を殺して霊魂をころし得ぬ者どもを懼《おそ》るな、身と霊魂とをゲヘナにて滅し得る者をおそれよ」』

これは小説を書こうとして書けない者の意識には、まさに霹靂《へきれき》のように感ぜられる言葉だ。読者の目を意識しなくてもいけないし、意識しすぎてもいけないのだ。

僕はショパンと太宰治《だざいおさむ》を先生に、再び小説を書いた。

そして、出版社が主催する新人賞に送った。十一月のことだった。

小説の新人賞には、とかく膨大な数の小説が送られてくるので、審査する側も大変である。結果が出るまで半年かかるのも普通であるが、僕が出した新人賞は年に数回小分けにして審査されるタイプのものだったため、二ヶ月で結果が出た。

惜しくも、落選であった――

評価は拙作《せっさく》が一番だったが、受賞者自体が出なかったのだ。

しかし、審査した編集者と直接会って話をすることになった。

2

深夜バスに乗り、東京へと向かった。

緊張して、眠ることができなかった。何かが動きだしたという感覚があった。甲子園《こうしえん》球場のある兵庫よりも東京のほうがずっと近い。けれど、あのときよりもずっと遠くへ行くような気がした。会うことになっている編集者はなかなかの有名人らしく、ウィキペディアが存在した。スマートフォンで情報を見ながら、改めて気後れした。担当作の欄に、有名な作品が名を連ねていた。有名な某賞を受賞した作家も複数担当している……。

僕は電子書籍を購入し、夜通し担当作を読んだ。

——東京は、好きではない。人が多すぎて気持ち悪くなってしまう。うねめ祭りのときのような情報過多が延々とつづく。なぜか僕は色んなものを見すぎ、色んな音を聞きすぎてしまう。

待ち合わせ場所は、新宿駅からすこし離れたところにある喫茶店だった。

午後二時、喫茶店に入り、編集の古田《ふるた》さんを探した。

店内は思っていた三倍は広かった。窓際の席は明るく開放的で、窓のない奥のほうは暖色のランプが照らしていた。床はえんじ色の絨毯《じゅうたん》。椅子《いす》とテーブルは黒檀《こくたん》。どことなく映画の『ゴッドファーザー』に出てきそうな、シックな雰囲気の場所だった。

きょろきょろしていると、奥に座っている人が、軽く手を挙げた。

奇妙な人だった。なかなかガタイの良い体に、真っ赤な革ジャンを着ている。丸い顔に、四角い黒縁眼鏡《めがね》をかけていた。背景との不調和が甚《はなは》だしい。『ゴッドファーザー』の撮影現場にマーベル・コミックの登場人物が紛れ込んだかのようだ。年齢は四十歳らしい。

この人が――？　と僕は思った。想像していたのとまるで違う。ひょっとしたら本物がどこかに隠れているんじゃないかな、と脇見をしながら、彼のもとへと行った。

「こんにちは、古田です――」

やっぱり彼が古田だった。僕らは握手し、テーブルについた。古田はいきなり言った。

「きみ、オーラあるね！」

「え？　……あ、そうですか……？」

「なんか才能を感じるよ！　うん！」

古田はいたって真面目そうであるが、こちらはいきなり首の骨をずらされたような心地。あ、変な人だ――と、僕は思った。雑談が始まった。

とにかく古田はよく喋《しゃべ》った。頭の回転が速く、矢継ぎ早に話題が繰り出され、あっちこっち飛びまわりながらも、不思議と芯《しん》はぶれない。口調にちょっと特徴があって、ときおり『～なのよね』『～かしら』などといった所謂《いわゆる》〝オネエ言葉〟が挟まれ、アクセントになってリズムが生まれ、話に引き込まれる。それらを意識的にやっている様子はない。生まれつき喋る才能があるのだ。それで気がついたら四時間も経っていて、ハッと我に返った。作品の話を全くしていない。このままでは東京まで来て雑談だけで終わりそうだったので、

「……あの……僕の小説、どうでしたか……？」

するとと古田は一瞬ポカンとして、

「あっ！　そうだった、そうだった！　今日はその話だったね！」

おいおい、と僕は思った。しかし古田《ふるた》は急にかっこいい顔になって、

「一言で言えば――きみの小説は、〝濃すぎる〟んだな」

「〝濃すぎる〟――ですか？」

「面白かったんだけどね――話が難しいし、複雑すぎる。これでは普通の人はついて来られないと思ったね。売れる感じがしないんだよね」

古田は角砂糖をころりとカップに入れ、カップから口に入れて飴《あめ》みたいに舐《な》めた。頭が回転するには糖分が要る。彼は続ける。

「文章はね、非常に良いんですよ。こまごまとした比喩《ひゆ》表現もね、上手いんです。唸《うな》らせる何かがある、本当に。――けど、味が濃すぎる。一口飲めば十分って感じになっちゃってる。本気を出しすぎてるというか、力が入りすぎてるんじゃないかと思うんです」

身に覚えのないことばかりだ、と僕は思った。頑張って一般の感覚をシミュレートしたつもりでいたのに、まだまだこんなにズレがあるんだと呆然《ぼうぜん》とした。

「……でも、僕は本気で書きたいんです。普通の小説では満足できなくて、血で書かれたようなものじゃないと、良いと思えないんです」

古田は二個目の角砂糖を口に放り込んで、

「本気で書かれたものは、読者も本気で読まなければならないのよ。いまの時代、みんな現実

世界だけで手一杯で、疲れ切っているから、そういうものは売れないんじゃないかしらと思うんです。きみみたいなのは少数派ってことだね」

……果たしてそうなのだろうか？　僕は黙りこんでしまった。まだまだ、花が足りないのかもしれない。もっとたくさんの花で、大砲を覆い隠さないといけないのかもしれない――

「これ、ぼくの連絡先――」古田は財布から名刺を取り出した。「新作ができたら、メールで送ってください。読みますから。期待しています」

古田はさっと伝票をとって行き、会計を済ませて出ていった。僕は席に座ったまま、言われたことについて考えていた。――と、突然、古田が戻ってきた。

「あっ、言い忘れてたんだけど、ペンネームは変えたほうがいいね！　ダサいから！」

そして、また出て行った。それだけ言いに来たのかよ……と僕は思った。

僕はペンネームを変えた。

3

受験のシーズンになった。僕は受験しなかった。ひとり黙々と小説を書いていた。

当時の担任はどうしても僕に受験させたがってしつこかったので、逃げ回る日々だった。彼の気持ちもよくわかるけれども。一年のとき担任だった隅田《すみだ》先生と廊下ですれ違ったときのこ

とをまだ覚えている。竹のようにひょろりと長い先生が、廊下のなかほどで立ち止まって、

「八雲《やくも》ぉ～、まだ具合悪いのかぁ～？」

僕はすこし考えて、

「……前よりは良いです」

すると先生はにっこりと笑って、

「そりゃ良かったなぁ～」

人生ですこしすれ違っただけの相手でも、心配してくれる人はいるのだ。

父さんにも、受験をしないと伝えた。テキストでこんなやり取りをした。

『そうか。いま、何やってるんだ？』

『小説を書いてる』

すこし間をおいて、

『そうか。頑張れよ』

三年ぶりに会話しても、三行で終わってしまうのだった。

僕は高校をするりと卒業した。

4

父さんが、マックブックを贈ってくれた。ウィンドウズより文字が綺麗《きれい》で、以前よりずっと書きやすくなった。ひたすら小説を書く日々が始まった。

この頃の記憶はほとんどない。机とマックブックが世界のほとんどすべてだった。毎日毎日、本や映画やネットの情報をボリボリ噛《か》み砕いてはカタカタ打ち込んだ。ほとんど外出もしなかったから、顔が青白くなっていった。近所のスーパーに行くのが遠征のような気分だった。もともと食にもこだわりがなく、すこしずつ痩《や》せていった。

——二ヶ月で一作書けた。かなり薄めたつもりだった。早速、メールで古田《ふるた》に送った。

わずか一時間後、返事がかえってきた。

『濃い！』

……えっ、それだけ？　二ヶ月間人生を賭けて書いた小説を、たった一言で片付けられてしまった僕は平常心を失って、意味もなくスーパーまで遠征した。意味もなくエロい形の大根を探した。手に取ったペットボトルのお茶のラベルに『濃い』と書かれていた。

次は一ヶ月で一作書いた。倍速である。濃度も半分になるに違いない。

古田に送った。二時間後に返事が来た。

『まだまだ濃い！』

信じられない気持ちであった。古田に会うきっかけになった作品の四分の一くらいの濃度しかないような感覚なのに、まだ濃いとは……。せっかく半分の濃度にしたのに、古田が倍の時間をかけて読んだせいで結局変わらないように錯覚したのではないか、と邪推もした。

これはそもそも僕の読むものがいけないのではないかと思い、薄い作品を色々と読んでみた。全く僕の好みとは違うが、面白さは容易に分析できる。

僕はそういったものの軽さを取り入れ、二ヶ月かけてまた新作を書いた。

これでどうだ、古田《ふるた》！

『そういうことじゃないんですよねえ……。偏差値は下げないで書いてほしいんです。っていうか、前よりつまらなくなってません？』

……どうすりゃいいんだよ！　偏差値ってなんだよ！　僕にどんなのを書いてほしいんだお前は！　と、僕は古田を憎んだ。メールも書いた。無視された。

僕は一ヶ月ほど寝込んだ——

5

なんの成果もないまま、秋になった。夏の始まりも終わりもわからなかった。部屋の空気はエアコンで常に一定の温度に保たれていた。

清水《しみず》とは細々と連絡を取り合っていた。彼は相馬《そうま》市に越して漁師になっていた。小林暦《こばやしこよみ》の近くに移り住んだのだ。風評被害で福島の魚介類は売れず、苦労していた。

『同じ海域でとったカツオでも、水揚げした港が産地になるから、わざわざ宮城の気仙沼《けせんぬま》で水揚げしてる。福島産ってだけで売れないからね。馬鹿《ばか》みたいだよね』

清水にしてはかなりきつい言い方である。彼なりに怒りがあったのだろう。

九月の終わり、意外な人から連絡があった。

揺月《ゆづき》だった。

『パスポート取っておいて。いますぐ取っておいて』

三年以上も音沙汰《おとさた》なく、いきなりこれである。父さんといい、古田といい、揺月といい、僕には数バイトしかデータを送れない制限でもあるのだろうか？

しかし僕も小説以外の文字をあまり書きたくない心境だったので、『わかった』とだけ返した。そして実際に、書類を書いてパスポートを取りに出かけた。

久しぶりに外界へ出ると、目眩《めまい》がするようだった。故郷にいるのに異邦人の気分である。普通の振る舞いかたも忘れてしまって、自分が挙動不審でないか気になった。

郡山《こおりやま》合同庁舎のパスポート窓口に書類を提出した。役員の女性を前に、僕は困惑した。声の出しかたを忘れてしまっていた。

6

十月の中頃、また揺月《ゆづき》から連絡があった。

『旅行の準備しといて!』

『わかった』

言いなりである。特に反論するような身分でもない。小説書きしかやることのない暇人である。しかしその五日後、10月13日午前六時のメッセージには、さすがに面食らった。

『ワルシャワに来て! わたしの出番、16日!』

さすがにあぜんとした。——いや、揺月の想像していたより僕の頭が悪かったということなのだろう。彼女の動向に、数多くの人が注目していたのだから……。

揺月は、フレデリック・ショパン国際ピアノコンクールに挑戦していたのだった。

そのコンクールは、東京国際芸術協会のホームページでこう紹介されている。

『五年に一度、ショパンの故郷であるポーランドの首都、ワルシャワでショパンの命日である10月17日の前後三週間に開催される国際的に有名なコンクールです。現在も続く国際音楽コンクールの中では最古のもので、その入賞者は世界に名だたる音楽家が名をつらねます。課題曲はショパンの作品のみとなっており、エチュード、ソナタ、幻想曲、ワルツ、ノクターン、協奏曲など多岐にわたっています。世界的に最も権威のあるコンクールのひとつと言われ、エリザベート王妃国際音楽コンクール、チャイコフスキー国際コンクールと合わせて世界三大コンクールと言われています。世界を目指すピアニストの登竜門となるコンクールです』

すごい……と思わず呟《つぶや》いた。揺月と初めて出会った日、マウリツィオ・ポリーニのＣＤを聴かされたことを思い出した。彼は１９６０年、十八歳にして第六回コンクールで優勝している。他にも、揺月と過ごすなかで自然と触れてきたピアニストたち――アシュケナージも、アルゲリッチも、そして田中希代子《たなかきよこ》先生も、みんな同コンクールの入賞者だった。

そして第十七回コンクールに、揺月はポリーニが優勝したときと同じ十八歳で挑戦している。

まるで、運命のように――

調べてみると、どうやら揺月は第二次審査の通過発表の直後に、『ワルシャワに来て！』と送ってよこしたようだった。すぐに行けば三次選考に間に合うはずだ。

僕はすぐさま飛行機の予約をとり、郡山《こおりやま》駅から鈍行で四時間かけて東京に向かった。そこから浜松町《はままつちょう》へ行き、モノレールに乗って羽田空港へ。道に迷い、人混みに酔いながら、夜九時、僕はなんとか飛行機に乗り込んだ。

『飛行機に乗ったよ』

と、揺月にメッセージを送った。

『えらい。ありがとう。到着は何時頃？』

『そっちで十八時頃。ワルシャワ空港に』

『わかった。迎えに行くね』

飛行機はまず関西国際空港へ飛んだ。そこから乗り換えて十時間半飛び、フィンランドのへルシンキ・ヴァンター国際空港へ。さらにまた乗り換えて飛び、ようやくワルシャワ・ショパン空港に到着した。

7

飛行機を降りた途端、思わず「寒い」と呟《つぶや》いてしまった。

福島の十月の平均気温は15度、対するワルシャワの平均気温は8度前後である。気候を考慮に入れていなかった僕は、そのままの服装で来てしまったのであった。

僕はなんだか情けない気分で、ゲートへと向かった。

三年半ぶりに、揺月《ゆづき》に会える——そう思うと、胸が高鳴った。

ゲートを抜けた。目の前を歩いていたブロンドの男性が、待っていた恋人らしき赤毛の女性を思い切り抱きしめ、キスをした。僕は揺月を探す——

まるで、ぱっ、と電流が走ったみたいだった。

揺月を見つけた。

一瞬で目を奪われた。

彼女はとても、美しくなっていた。

すうっと流れ落ちるような長い黒髪はそのままに、軽く化粧をした顔は、以前にも増して綺《き》麗《れい》だった。顔のラインはシャープになり、アーモンド型の目はよりぱっちりと魅惑的に、桜色の唇《くちびる》は色っぽくなっていた。耳にはピアスが光っている。ボーダーのカットソーに白いコートを羽織り、細身の黒いパンツ、ヒールを履いていた。首にはあざやかな若葉色のストール。とても洗練された女性、という印象を受けた。一方の僕は悲惨と言ってよかった。

揺月は最初、僕を見て微笑《ほほえ》んでくれていたのだけれど、近づくと目を丸くした。

「うわっ！　そんな薄着で来たの？　というか、顔色、悪すぎ！」

三年半ぶりに会ったとは思えない第一声だった。なんだか台無しの気分である。

――僕らは色々と会話しながら、空港内を並んで歩いた。一面が窓になった開放感のある場所にグランドピアノが置いてあった。ひげの濃いボディビルダーのような体格の男性が、ショパンの『ワルツ第13番』を弾いていた。見た目に似合わぬ華やかで甘い音色だった。

「あ――」僕は気がついて言った。「日本円しか持って来てないや。両替しないと」

ポーランドの通過単位はズウォティである。１ズウォティ≒31円。すると揺月は、

「空港はレートが悪いから、街の両替所に行ったほうがいいよ！　とりあえずわたしがお金立て替えとくから、あとでまとめて返してくれればいいよ」

あとで調べたら、空港での両替レートは１ズウォティ≒40円もした。

空港内にある服屋に入り、揺月は僕に似合うコートを選んでくれた。暗色だと顔色の悪さが目立つので、グレーが良いと彼女は言った。クレジットカードで支払いをしているのを見て、

社会性があまりにも足りない自分が情けなくなった。

空港を出て、タクシーに乗った。揺月《ゆづき》が香水をつけているのにようやく気が付いた。

「わたしの演奏どうだった？」

揺月が訊《き》いた。僕は首を傾げた。

「演奏って、どの演奏？」

「えっ！　YouTubeの動画、見てないの？」

どうやら、第十七回ショパン国際ピアノコンクールでは、参加者たちの映像がリアルタイムで配信され、フェイスブックでも視聴者の感想共有が行われていたらしい。僕が無人島にいるあいだに、世界のコミュニケーション手段は発達していたというわけだ。

「アーカイブも見てない。というか、揺月がコンクールに出ていることも知らなかった」

「……じゃあ、何も知らないで、メッセージだけ受け取ってすぐに来たの？」

「そういうことになるね」

揺月は呆《あき》れたような顔をした。

「一体、どういう生活をしてたらそういうことになるの？」

僕は高校を卒業してからの生活を簡潔に話した。といっても、もとから簡潔な生活である。ダメダメな生活ぶりを叱《しか》られるのではないかと思った。――が、揺月はふうと息をついて、

「八雲《やくも》くんはいつか小説家になると思ってたよ」

「え？　そうなの？」

「ていうか、小説家にしかなれないんじゃないかなって」

「どうして？」

「すこし付き合えば、誰にでもわかることだよ」

よくわからないけれど、そうなのかもしれない、と思った。小説を書き始めたのだって、清《し》水《みず》に言われたからだ。彼も揺月と同じことを思ったのかもしれない。

タクシーの車窓を、ワルシャワのもう夜になりそうな街並みが過ぎていく。空港周辺はのどかだったが、都心部に近づくにつれ、次第に賑《にぎ》やかになっていった。

8

ドイツとベラルーシのあいだ、ヨーロッパの中心に位置することから、『ヨーロッパの心臓』と呼ばれるポーランド。さらにその心臓部に位置するのが、首都ワルシャワである。

南部のベスキディ山脈に源を発しバルト海へと注ぐ、全長１０４７キロにも及ぶポーランド最長のビスワ川が、このワルシャワを真っ二つに割っている。

その左岸が、僕らの行動範囲のすべてで、右岸には一度も渡らなかった。

僕らを乗せたタクシーは、ショパン国際ピアノコンクールの会場であるワルシャワ・フィルハーモニーと、ショパン音楽アカデミーのあいだの地区にあるホテルの前で停《と》まった。外観は日本にあるようなものとほとんど変わらない――が、内装は細かい意匠《いしょう》がお洒落《しゃれ》だった。

一泊、約200ズウォティ。ちょうど揺月《ゆづき》の泊まっている部屋の隣が空いていたので、そこにチェックインした。部屋に荷物を置くと、もう窓の外は夜であった。

揺月が部屋に来て、ベッドに腰掛けた。ふわりと良い香りがした。僕は革張りのブルーのソファに身を沈める。――途端に、どっと疲れと眠気が襲ってきた。福島から合計で二十七時間も移動してきたのだ。三時を指している腕時計を八時間戻し、十九時に合わせた。

「……そういえば、揺月のご両親は？　応援に来てないの？」

するとは揺月はすこしうつむいて、

「来てるみたいだけど、一回も顔を合わせてない。会うと演奏が乱れるから」

どうやらまだ、揺月と蘭子《らんこ》さんの確執は続いているらしかった。

僕らはホテルのレストランで夕飯を一緒に食べた。ピエロギという餃子《ぎょうざ》みたいなポーランドの伝統料理やボルシチ、フレプと呼ばれるパン、その他名前のわからない料理の数々……。どれも美味《おい》しかったが、まだ飛行機に揺られているような感覚が消えず、そこまで胃に入らなかった。一方の揺月は緊張で食欲がわかないということもなく、普通にぱくぱくと食べていた。

お互いのこれまでの生活について話していると、あっという間に時が過ぎた。いつまでも話し続けていたかったが、明日に備えて早めに切り上げ、別れて部屋で眠った。

ベッドには揺月の香りがのこっていた。フリージアの香りだった。

9

10月15日——。ホテルのレストランで朝食をとった。蜂蜜《はちみつ》をパンにかけて食べている揺月を、オレンジジュースを飲みながら横目で見た。昨日よりすこし化粧が薄いようだった。もとが綺麗《きれい》だから、化粧をする必要もない気がした。

「揺月、明日が出番だよね？　ショパン音楽アカデミーでピアノを借りて練習するの？」

「午前中はそうしようかな。お昼は一緒に食べて、それから歴史地区に行こう」

せっかくポーランドにいるというのに、僕はホテルの部屋に引きこもって小説を書き、そして『ワルシャワ旧市街』について調べ直した。

揺月が戻ってくると、近場のレストランで食事をしてから、クラクフ郊外通りを北へ向かって歩いた。広く美しい石畳の通りだった。両側にはルネサンス調・新古典主義調の建築物が立ち並んでいる。街灯はまるでスズランの花のようなかたち。ポーランド科学アカデミーの前にコペルニクス像、大統領官邸の前にポニャトフスキ像を見つけた。僕は有名なショパン像が見たいと思ったが、どうやらそれは逆方向にあるらしかった。

二十分ほど歩いて、目的地に着いた。

ワルシャワ歴史地区――世界遺産に登録されたこの場所は、新しい旧市街である。

この場所は一度この世から消え、またよみがえったのである。

――1939年9月1日、ドイツおよびその同盟国である独立スロバキアがポーランド領内に侵攻した。そこで、3日、ポーランドの同盟国であったイギリス・フランスがドイツに宣戦布告したことで、第二次世界大戦が始まった。17日にはドイツと独ソ不可侵条約を結んでいたソ連も侵攻に加わり、同年10月6日、ポーランド全域は独ソに占領された。

そして、1944年6月22日――ベラルーシでソ連軍によるドイツ軍に対する最大の反撃作戦であるバグラチオン作戦が開始されると、ドイツ軍は敗走を重ねることになる。この頃にはソ連はドイツの敵になっていたのである。ドイツ軍を押し返し、占領地域がポーランド東部一帯におよぶと、ソ連はポーランドのレジスタンスに蜂起《ほうき》を呼びかけた。

そして、8月1日十七時ちょうど――ワルシャワの国内軍・女性や子供を含む市民までが武装蜂起し、ドイツ軍に立ち向かった。ワルシャワ蜂起である。

しかし、蜂起を促した当のソ連軍は裏切り、ワルシャワ市民を援護しなかった。圧倒的に不利な状況のなかワルシャワ市民は必死の抵抗を続けたが、六十三日後、ついに敗戦した。虐殺された人々の数は十八万から二十五万にものぼったという。

その後、ドイツ軍による懲罰的攻撃により、ワルシャワは徹底的に破壊された。

死の臭いすら漂うような、暗黒の歴史である――

戦後、ナチスドイツに代わってポーランドを支配したソ連は、ワルシャワを社会主義に基づくソビエト流の街に作り替える計画を立てた。それを知った市民は一致団結して反発した。『意図と目的をもって破壊された街並みは意図と目的をもって復興させなければならない』という信念、そして『失われたものの復興は未来への責任である』という理念のもと、破壊される前の旧市街をそのままの姿で復興することを選んだのだ。

この大作業には市民が総出でとりかかり、費用も彼らのカンパで賄《まかな》われたという。

再建の拠《よ》り所《どころ》となったのは、十八世紀の宮廷画家であったベルナルド・ベッロットの写実的な風景画、そして、ワルシャワ工科大学の学生たちが残した三万五千枚にも及ぶ建物などの図面であった。——1939年、ナチスドイツによる占領を予見した教師が、ワルシャワの街の姿を記録に残すため学生たちと協力して描き残し、命懸けで守ったものである。

それらをもとに、〝壁のひび一つにいたるまで忠実に〟ワルシャワの街は再現された。

そして1980年、ワルシャワ旧市街は『破壊からの復元および維持への人々の営み』が評価された最初の世界遺産となった。

10

僕は揺月《ゆづき》と一緒に、復興された中世の美しい街並みを歩いた。ゴシック様式から新古典主義にいたる様々な暖かい色合いの建物が軒を連ねている。

歩きながら、とても強い感動を覚えた。ポーランド人はなんと素晴らしい人々なのだろうと思った。ポーランドの歴史は波乱の歴史である。何度も侵略を受け、多くの命を失い、国土を失い、そしてそのたびに不死鳥のようによみがえってきたのだ。

街のあちこちに銃弾の痕《あと》を見つけた。復興の際、もともとの建物に使用されていたレンガや破片はできるだけ再利用されたため、戦火の痕跡《こんせき》が残っているのである。

僕は思わず立ち止まってその痕を撫《な》でた。その途端——聞こえた気がした。

鉛筆を走らせる音。三万五千枚の図面を描く音。彼らの気持ちを思うと胸が締め付けられるようだった。故郷がこれから破壊される悲しさ、やるせなさ、ワルシャワへの深い思い。そして、三万五千枚の図面をめくる音。何百万・何千万とレンガをこつこつと積み重ねてゆく音……。それらはまるで、無数の花束のように、おそろしい銃声やかなしい死者の顔を優しく覆い隠すような気がした。

だから銃痕《じゅうこん》の空白を見たときに、僕が感じたのは痛みではない。震災のあと、阿武隈《あぶくま》川に入る揺月《ゆづき》を見たときのような、自分が恥ずかしくなるような、あふれんばかりの愛だ。

ワルシャワの石畳のうえには、暗い過去の物悲しさが漂う。けれどそれ以上に、人々の現在は美しく明るい。だから『花々のあいだに大砲が隠されている』ショパンの音楽は、この街の空にこそ、最も美しく響くのだろう——

僕は銃弾の穴と見つめあって、立ったまま、いつの間にか泣いてしまっていた。小説を書くことで学んだ僕には、普通の人間はこんなところで泣かないし、泣くやつは気持ち悪いと思われることもわかっていた。けれど、泣かずにはいられなかった。

「……八雲《やくも》くんは、変わらないね」

揺月はそう言って、そっと寄り添ってくれた。

11

10月16日、午前十時。ワルシャワ・フィルハーモニー。

揺月はこの日のトップバッターだった。僕は一階の観客席に座っていた。二階席には審査員として世界最高峰のピアニストたちがずらりと並んでいるはずだった（そこにはあのマルタ・アルゲリッチもいる！）が、僕の席からは角度のせいで見ることができなかった。

英語とポーランド語で曲目などがアナウンスされた。

揺月が、木天井の舞台に登場した――。華やかな赤いドレスを着ている。艶《つや》やかな黒髪と白い肌とのコントラストが美しかった。観客はものすごい拍手で迎えた。すでに、第一次審査と第二次審査を経て、揺月を気に入って肩入れしていたのであった。

揺月は微笑《ほほえ》みを浮かべ、たおやかに一礼し、ピアノの前に腰掛けた。

ピアノはヤマハCFXだった。コンテスタントたちは事前に『ヤマハ』・『カワイ』・『スタインウェイ』・『ファツィオリ』の四種から演奏するピアノを選択することができ、ここにも各メーカーや調律師たちの競争がある。

会場が静まり返る――

揺月《ゆづき》がひとつ深呼吸した。

緊張がみなぎる。

揺月の指が、動きだした――

『3つのマズルカ作品59』――。ポロネーズとマズルカといえば、ポーランドの民族舞曲であるが、ポロネーズが主に貴族階級で広まったのに対し、マズルカは一般庶民のあいだで親しまれた。ショパンは常日頃からまるで日記のようにマズルカを綴《つづ》ったという。

作品59は、1844年から1845年にかけて作られた。そのころ、ショパンは相変わらずの体調不良に加え、恋人のジョルジュ・サンドの息子モーリスとの確執に苦しんでいた。

物悲しい旋律から始まる第一楽章、活力を感じさせる第二楽章、冒頭で怒りのような激しい感情を表出させながらも甘やかな旋律に移り変わり、前向きな印象で終わる第三楽章――逝去の四年前だけあって、そこには死の感じが伏流している。

揺月の演奏を生で聴くのは、ほとんど十年ぶりであった。

音を聴いた途端、背中にわっと鳥肌が立った。

格段に、進化している——

田中希代子《たなかきよこ》先生のような、音の粒の美しさ、純粋さ、まろやかさ、透明感を受け継ぎながら、揺月独自の豊かな情感や色彩感がそこに彩りを添えていた。音色が、あざやかな生活を描いているようだった。生活が移ろうのと同じように、作品59も刻々と色を変え移ろう。揺月はそれを実に豊かに表現していた。上質なワインのような芳醇《ほうじゅん》な風味すらあった。これが前に揺月が言っていた円熟味というやつなのだろうと思った。揺月のイタリアでの生活を思った。とても充実した日々を過ごしたに違いない。積み重ねた日々の実りが、熟成されて音色に表れているのだ。何か、懐かしい思い出が蘇《よみがえ》るようでもある。まるで季節が巻き戻り、地面に落ちた桜の花びらが、またゆらゆらと、空に舞い上がるかのような。それでいて、何か一筋縄《ひとすじなわ》ではいかない、尊い、青い真珠《しんじゅ》のようなものが、心臓のなかに形成されてゆくような感じだった。

『ZAL《ジャル》』——それを、揺月は見事に表現していたのだった。

——六十分近くにも及ぶ演奏が終わると、万雷《ばんらい》の拍手が巻き起こった。

揺月は笑顔を見せた。椅子《いす》から立ち上がり、一礼して舞台袖《そで》へと消えていった。

彼女の演奏は、圧倒的だった。

12

10月17日――この日は、ショパンの命日である。

午前中に発表があり、揺月《ゆづき》のファイナルへの出場が決まった。発表直後、取材陣に取り囲まれる揺月を、僕は遠くから見ていた。住む世界が違うな、という感じだった。

揺月は間違いなく優勝すると信じていた。彼女がこれまで目標にしてきた一流たちと肩を並べるだろう。そして多くの人が揺月の演奏を聴く。――それはとても良いことだ。

聖十字架教会にて催された『ショパン・レクイエム・モーツァルト』に、僕らは参加した。ショパンの追悼コンサートである。午後八時、ショパンの心臓が収められている柱に、花が手向《たむ》けられた。ショパンはついに祖国へ帰れず、死後、心臓だけが姉の手によってこっそり持ち帰られたのである。第二次世界大戦中、ショパンの心臓は人々の手によって避難され、守られた。聖十字架教会もまた、ワルシャワ蜂起《ほうき》の際に破壊され、再建されたのである。

柱には、マタイによる福音書第六章二十一節『あなたの富のあるところに、あなたの心もあるのだ』という言葉が刻まれている。『あなたがたは地上に富を積んではならない。そこでは、虫が食ったり、さび付いたりするし、また、盗人が忍び込んで盗み出したりする。富は、天に積みなさい。そこでは、虫が食うことも、さび付くこともなく、また、盗人が忍び込むことも盗み出すこともない。あなたの富のあるところに、あなたの心もあるのだ』――

ショパンの心は、故郷の天にあったのだろう。死の間際、彼は『葬儀では、モーツァルトのレクイエムを演奏してほしい』と遺言したとされている。

モーツァルトの『レクイエム』が、聖十字架教会の高い天井に響きわたった——

僕らはあまり良くない席から、美しい演奏に耳を傾けた。揺月が、日本人のわたしたちがポーランドの人たちより良い席に座るわけにはいかない、と遠慮したのであった。

悲しく荘厳な歌声と音楽が、胸を打った。

涙あふれるその日、
すべての人が灰のなかからよみがえり
罪を裁かれるとき、
神よ、我らに憐《あわ》れみをお与えください
慈悲深きイエスよ、主よ
とこしえの安息をください　アーメン

祭壇前で演奏しているオーケストラは、シャンデリアとライトで明るく照らされている。その後方の聴衆は薄暗がりに包まれていた。悲しげに目を伏せ、ときに涙さえ見せる人々の顔はまるで、レンブラントの絵画のようだった。

揺月も長いまつげを伏せ、しずかに黙祷《もくとう》をささげていた。

13

10月18日から、コンクールのファイナルが始まった。

僕はときに揺月《ゆづき》と一緒に、ときにひとりで演奏を聴いた。曲目は、『ピアノ協奏曲第1番作品11』または『ピアノ協奏曲第2番作品21』である。ワルシャワ国立フィルハーモニー管弦楽団と一緒に演奏するのだ。指揮者はヤツェク・カスプシク。ほとんどのファイナリストが第1番を選択したから、同じ曲を何度も聴くことになった。しかし、さすが勝ち抜いてきた人たちだけあって素晴らしく、約四十分の演奏をいずれも夢中になって聴くことができた。

僕はなんと会場内で偶然マルタ・アルゲリッチに出くわし、サインを貰《もら》うことができた。

「サンキュー」

色々な思いを込めて、そう言った。彼女はにっこりと笑った。

揺月はほとんどの時間をひとりで過ごし、集中力を高めていたようだった。

そしてついに、10月20日、午後七時五十分——最終日、最後の奏者が、揺月であった。

彼女は赤いドレスを着て登場した。大きな拍手が出迎えた。揺月はコンサートマスターとその隣のトップサイドと握手し、観客席に向かって一礼して、ピアノの前に腰掛けた。

そして——深呼吸した。

指揮者と目線を合わせ、頷《うなず》いた。

演奏が、始まった――

揺月が選択したのは、『ピアノ協奏曲第1番作品11』――提示部はオーケストラの演奏で、ピアノはなかなか入らない。揺月はしずかに目を伏せ、鍵盤《けんばん》を見つめていた。僕のほうが緊張でどうにかなりそうだった。約四分半後、ようやくピアノの最初の音が鳴った。

鮮烈なフォルテッシモの和音――

そこからはもう、揺月の世界であった。豊穣な低音とみがかれたガラス玉のような高音が、ショパンの詩情を見事に描き出してゆく。揺月の表情や指の動き、ペダルの踏みかた、一挙手一投足に目を奪われる――。オーケストラが揺月をのこして背景にぐっと下がったように錯覚されたほどだった。

甘やかな旋律が流れる。

ピアノが歌っている――

僕は何か、揺月とピアノが分かち難い、ひとつの存在であるかのように感じた。ひとつの美しい夢が、音楽を奏でているようだった。

運命が、鳴っている――

揺月と出会ったときのように。いや、それ以上に強く、僕はそう感じた。なぜだか、目に涙がにじんできた。それほど美しい演奏だった。間違いなく、揺月は優勝する。そう確信した。

――あと四分ほどで第一楽章が終わろうかという頃であった。

高い坂から一気に駆け下りるような、積み上げたものが崩れるような、ドミノ倒しのような、劇的な美しいパッセージが奏でられていたときである。

ピアノの音が、消えた——


ざわめきが起こった。悲鳴が聞こえた。オーケストラの演奏が躓《つまず》くように止まった。

僕は閉じていた目を開いた——

揺月《ゆづき》が、アーモンド型の目をいっぱいに開いて、自分の手を見つめていた。

左手の、薬指——

それが、第一関節と第二関節のあいだでポッキリと折れ、鍵盤《けんばん》のうえに転がっていた。

揺月は、何が起こったのかわからない、という表情をしていた。やがて、その顔がさっと、死人のように青ざめた。美しい顔が、ひびが入ったかのように歪《ゆが》んだ。

揺月は、凄《すさ》まじい悲鳴をあげた。指揮者が動いた。彼は鍵盤に落ちた指を胸ポケットに入れ、揺月の肩を抱いて、舞台袖《そで》に引っ込んでいった。大変な混乱と騒ぎが起こっていた。口を覆って泣いている人もあった。僕は瞬きすら忘れて、呆然《ぼうぜん》と、虚脱状態で座り込んでいた。

あの一瞬、揺月の薬指の断面を見た。

——真っ白であった。

それが何を意味するのか、僕にはわかった。

揺月もまた、塩化病にかかってしまったのだ――

七章
Chapter.7

1

揺月《ゆづき》は救急車でワルシャワ市内の病院に運び込まれた。

救急車には僕と、運営関係者らしき男性と女性が同乗した。

揺月が診察を受けているあいだ、僕は所在なく、院内のキリスト像をぼんやりと眺めていた。そこに、蘭子《らんこ》さんと宗助《そうすけ》さんが現れた。救急車を追いかけてきたのだろう。

僕らは戸惑いの目を合わせ、黙り込んだ。お互いに言葉を失っていたのだ。

――やがて、揺月が戻ってきた。彼女はまだ激しく泣いていた。

「八雲《やくも》くん……！　八雲くん……！」

ドレスのうえにコートを羽織った彼女を、僕は抱きしめた。肩越しに蘭子さんと宗助さんを見た。彼らは傷ついたような、打ちのめされたような、なんとも言えない表情をしていた。揺月は両親を完全に無視し、出口に向かってひとり歩きだした。――僕の知らないあいだに、また確執は深まっていたのだろう。僕は両者のあいだですこし戸惑って、両親のほうに言った。

「……塩化病だと思います」

蘭子さんが口を覆った。宗助さんはぽかんと口を開けた。僕は揺月を追いかけた。

2

揺月はホテルのベッドに腰掛け、延々と泣き続けた。

僕は隣に座り、その背を撫《な》で続けた。

言葉はひとつもなかった。あまりに悲しすぎたし、唐突すぎた。揺月はもう二度とピアノを弾けないし、一年ほどで塩になって死んでしまうことが確定したのだ。信じられない気持ちでいっぱいだった。すべてが悪い冗談としか思えなかった。揺月は夜中の三時まで泣き続け、突然、糸が切れたようにばったりと倒れた。僕は焦ったが、呼吸は正常であった。真っ赤なドレスを着たままの彼女をベッドに寝かせ、僕はソファーにぐったりと沈み込んだ。

調べると、ネット上で揺月の件が大変な騒ぎになっていた。リアルタイムで彼女の指が落ちるのが放送され、多くの人がそれを目撃したのだ。『塩化病』と思《おぼ》しき各国の単語が、コミュニティーをとびかっていた。あまりにも珍しい病気であるために、ほとんど知られることのなかったこの奇病が、揺月をきっかけに爆発的に知られるようになったのである。

公式の映像アーカイブではもちろん、揺月の演奏パートはカットして配信されたが、一般の視聴者が、指がころんと落ちるシーンだけ切り取って、ネット上に流していた。それを見て、痛みとともにひどい怒りを覚えた。

布に包んでテーブルに置いてあった、揺月の指を見た。急激に塩化が進行しつつあり、もう七割ほどがさらさらした塩になっていた。まだ肉のままの一部が、奇妙にグロテスクに感じられた。僕は恐ろしくて、すぐに布で包み直した。母さんのことを思い出した。

僕は揺月《ゆづき》が自殺でもしやしないかと心配で、ソファーで浅い眠りについた。

3

翌日、ショパン国際コンクールの結果発表があった。

勝者は賞賛を浴び、ピアニストとしての輝かしい人生を歩みだす――

僕らはそれをちっとも見なかった。ただ薄暗い部屋でじっとしていた。揺月が審査員や聴衆から絶賛を受け、特別賞を受賞していたと知ったのは、だいぶあとになってからだった。

揺月は死んだように静かだった。悲しみもしなければ、笑いもしなかった。ぱち、ぱち、と一定のタイミングで瞬きし、ときどきちらりと左手に目をやった。

イタリア行きの夕方の飛行機に一緒に乗った。二時間の直行便である。僕は沈黙に耐えかねて、何度か話しかけた。が、揺月はぼんやりとした気のない返事をするだけだった。

ミラノ・マルペンサ空港からタクシーに乗り、揺月の住んでいるアパートへ向かった。

ベランダの洒落《しゃれ》た緑色の手すりが印象的な、白壁の美しい外観のアパートだった。

とてもひとり暮らしとは思えないほど広く、グランドピアノが置いてある部屋すらあった。

揺月はコートを脱ぎ、その部屋へ行った。ピアノのうえには、昔馴染《なじ》みのあのアンパンマンの人形が置いてあった。揺月はそれをしずかに見つめ、ピアノの鍵盤《けんばん》に目を落とし、堰《せき》を切ったようにわっと泣きだした。それから三日三晩、泣き続けた――

僕は途方に暮れつつも、揺月のためになんとか動いた。異邦の街で混乱しながら買い物し、ネットで調べたレシピで料理を作り、彼女の泣いている部屋に持っていった。

「ごめん、食べたくない……」

揺月は丸二日、何も食べなかった。それだけ時間が経っても、青い絵具を溶かしたような濃い悲しみの涙を流していた。そのうち部屋を真っ青な海にして、ピアノを沈め、揺月も沈んでしまうのではないかと思った。

僕は揺月の指が失われた空白を思い、ひどい痛みを感じた。それをなんとか埋めようとして、余った揺月のぶんの料理までも全部もりもり、吐きそうになりながら食べた。

三日目の朝に、揺月は切ったオレンジをすこし食べてくれた。目のしたに濃い隈《くま》ができていた。まるで悲しみの色が染みついてしまったようだった。何切れかだけ食べ、

「……ありがとう……八雲《やくも》くん……」と言って、また泣きだしてしまった。

真夜中――ふと目を覚ますと、ポーン、ポーン、とピアノの音がした。

揺月が鍵盤を叩《たた》いているのだ。寝ぼけた僕の頭に浮かんだのは、アフリカゾウ。母親が何かの拍子に死んでしまって、大地に横たわり、群れの行進から外れてしまう。その子供のゾウが、

母親の死を理解できないのか、鼻でそのお尻《しり》のあたりを探りながら、前足でトーン、トーン、と亡骸《なきがら》を蹴《け》る。早く目を覚まして、とでも言うように。

ポーン、ポーン、というピアノの音は、そんなふうに悲しかった。

目が冴《さ》えてきて、揺月《ゆづき》の泣き声が耳に迫ると、ピアノの音に、憎しみが混じっているように感じた。それは、愛情の裏返しとしての憎悪だ。これまでピアノにすべての人生を捧げて、それでもちっとも後悔しないどころかとても幸せだった揺月の愛情。それが急に裏切られ、憎しみに反転してしまったのだろう。もう鍵盤《けんばん》を叩《たた》き壊してしまいたいという欲求すら感じた。けれどこれまで大事に大事に祈るように弾いてきたものだから、どうしても憎み切れなくて、鍵盤は壊れずにせつない音で鳴る。それが揺月の言葉に聞こえる。

わたしを置いていかないで。わたしをひとりにしないで。

そう声もなく訴えているようだった。

4

四日目の朝、ぷうんと良い香りがして目を覚ますと、食卓に皿が並んでいる。

キッチンを見ると、ストトン・トトというあの懐かしいリズムで揺月が包丁を鳴らしていた。ポニーテールにしたきれいな黒髪を揺らして、緑のエプロン姿の揺月がまた新しい皿を食卓に加える。すうっと美しい白い首筋のラインが見えた。

僕はなかば呆然《ぼうぜん》として、ぼんやりと彼女の仕事ぶりを見ていた。

「おはよう、八雲《やくも》くん」

揺月は僕を見て、可愛《かわい》らしく微笑《ほほえ》んだ。目のしたの隈《くま》は消えていた。

「あ……うん……おはよう……」

僕は困惑しながらも、揺月に促され、テーブルについた。こんがり焼けたパン、コンソメスープ、カプレーゼ、ベーコンエッグ、オレンジジュース……昨日までの悲しみの青はどこに行ってしまったんだろうというような、鮮やかな明るい色の食卓だった。

「いただきます――」

揺月の作ったシンプルだけど美味《おい》しい料理を食べた。揺月もしっかり食べていた。

彼女がずっと泣いているあいだ、僕がどんな生活をしていたのか聞かれた。生活経験のない僕は結構な失敗をやらかしていた。揺月は目を丸くして、アハハと笑い、ゴクリとオレンジジュースを飲んだ。食事が終わるとスコトン・パッパと皿を片付けて、シャッシャシャッシャ・ぴるぴる・カチャンコ・トントンと皿洗いまで済ませる。

「八雲くん、小説家志望なんだから、ちゃんと小説書かないと」

そう言って僕を隅の部屋に追いやってキーボードをカタカタ叩かせ、自分はぷるるうぉーんという変な音の掃除機をかける。ごりごりごりと何かを削る音がしたかと思うと、ぷーんと良い香りがしてきて、ガチャリと扉が開き、揺月《ゆづき》が「お疲れさま」と現れ、コトンとコーヒーカップを置いていく。さっきは豆を挽《ひ》いていたのだ。ごくりと一口飲む。とても美味《おい》しい。それでまたカタカタやり出すと、ピョーンとメールが届く。古田《ふるた》からだった。

『八雲《やくも》くん、最近音沙汰《おとさた》ないけど、どうしてますかー？』

僕はここ最近の目まぐるしい生活に思いをはせ、それを一旦《いったん》ぜんぶ頭から追い払って、

『小説書いてますよ。相変わらず』

『一回、毒にも薬にもならないラブコメを書いてみたら良いんじゃないかと思うんですよ』

相変わらずの脈絡のなさである。僕はややイライラしながらキーボードをカタカタ。

『どういう意味ですか？』

『頭をね、一度、空っぽにして、思いっきり好きなことを書いてみると道が開けるやも』

『占い師みたいな曖昧《あいまい》さですね。第一、ラブコメなんか全然好きじゃないですし。というか、好きなものってすぐには思いつかないです』

『えーっ！　僕は好きなものいっぱいありますよーっ！』

『何が好きなんですか？』

『一番好きなのはねえ、おっぱいです！　おっぱい!!』

こいつは本当に僕の倍の人生を生きているのだろうか……？

5

　夕方になると、揺月とふたりで映画を観た。『ニュー・シネマ・パラダイス』。次の段落からネタバレが入るので、未視聴のかたはぜひ観てから読み進めていただきたい。傑作映画である。個人的には完全版ではなく劇場版をおすすめしたい。

　――ラストシーン。主人公のトトは、かつて映画から削除されたラブシーンの継《つ》ぎ接《は》ぎのフィルムを見て、過去を懐かしんで笑い、涙を流す。この美しいシーンに、僕も揺月も涙を流した。映画が終わり、エンドロールが流れる。すっかり暗くなった部屋が、テレビの青白い光に照らされていた。僕らはふと、その光のなかで目を合わせた。

　揺月の目のしたに、隈《くま》が復活していた。彼女はそれを、化粧で隠していたのだった。

　僕が隈を見ていることに気がついた様子で、揺月は言った。

「あのね、田中希代子《たなかきよこ》先生もね、三十代で膠原病《こうげんびょう》にかかって、ピアノが弾けなくなってしまったの。とっても悔しい思いをなされたと思う。からだを刀で切り刻まれるような痛みにも苦しまれた。けれど、それからも色んな弟子を育てられて、最後まで気丈に生きた。わたしも希代子先生を見習うことにしたの。悲しむことはすっぱりやめて、生きることにした」

　僕はまた、揺月に驚かされた。彼女の強さに。あれだけ愛したピアノを失った、おそろしい無音の時間を、揺月はもう、生活の音で満たしはじめたのだ。

尊敬の念に打たれて黙っていると、ふいに、揺月《ゆづき》が言った。

「……ねえ、八雲《やくも》くん、キスしたことある？」

びっくりして揺月を見た。彼女は、エンドロールも流れ終わった、なんでもないメニュー画面をじっと見ていた。ラストの雨のようなキスシーンのせいで、そんなことを訊《き》いたのだろう。

「……え……ないけど」

「……わたしもない」

僕らはまた見つめあった。揺月の顔はちょっと緊張しているようだった。僕は訊いた。

「……したいの？」

「……そういうわけでもないけど……」

「……じゃあ、しなくてもいいんじゃない？」

揺月の左の眉《まゆ》が、ピクリと動いた。彼女は言った。

「……そうね。わたし、疲れたからもう寝る。おやすみなさい」

そしてサッと立って洗面所に行き、シャッシャッと歯を磨いて、お風呂《ふろ》にも入らずベッドに潜り込んでしまった。

6

僕らはイタリアで奇妙な同居生活を続けた。

十二月の初め、映画監督がやって来た。ダニエル・ミラー監督——なんだか漫画のキャラクターみたいで面白い見た目の人だった。背が低くガッシリした体格で、くしゃくしゃした髪は栗色、もみあげと立派なひげが接続されている。四角い眼鏡《めがね》のフレームは赤。スーパーマンのTシャツのうえに、グレーの洒落《しゃれ》たジャケットを羽織っていた。

付き添いの助手だか秘書だかは、監督よりも背が高く、さらにはヒールまで履いた脚の長いラテン系の美人だった。黒髪をかっちりしたおかっぱ頭にしていて、鼻が魔女みたいに高い。まつげが異様に長く、アイシャドウも相まって、なんだかクレオパトラみたいだった。

揺月が英語でペラペラと応対しているあいだ、僕がお茶を用意した。といっても、日本で普通に売っている緑茶のティーバッグをちゃぷちゃぷしただけだけれど。

ミラー監督はそれをめちゃくちゃ美味《おい》しそうに飲んだ。「アイラブジャパニーズティー！」などと言って。クレオパトラはそれに同意するように薄く笑んで頷《うなず》いただけだった。

「彼は恋人ですか？」ミラー監督が僕を見て、揺月に訊いた。

「いいえ、友達です」

『No, he is a FRIEND』みたいな、無駄に強調した言いかただった気がする。

揺月はこのとき、右手の小指と中指、左手の親指がさらに欠損していた。塩化病は確実に進行していたのである。だからティーカップを持つとき、すこし苦労していた。

ミラー監督はやたら早口で、しかもやや吃音《きつおん》になりがちなところがあったので、リスニング力のない僕は会話に全くついていけなかった。ただただ、熱心に話し込む揺月《ゆづき》とミラー監督の横で、エジプトの壁画のようなクレオパトラと向かいあって日本茶を飲んでいた。

二時間ほどして、監督たちは帰っていった。

「サヨナ〜ラ〜」とにっこり笑って手を振るミラー監督はなかなか可愛《かわい》らしい。クレオパトラはけっきょく最後まで一言も喋《しゃべ》らなかった。

「——で、なんの話だって?」

僕は彼らが行ってしまってから、揺月に訊《き》いた。

「わたしで映画を撮りたいんだって」

「えっ、凄《すご》いじゃん——!」僕はびっくりして言った。「で、なんて返事したの?」

「考えさせてくださいって」

僕らは一緒に、ミラー監督の映画を何本か観た。スーパーマンのTシャツでわかりきっていたことだったけれど、監督のセンスの基本はアメコミ。そこに日本のサブカルを加えてぐちゃぐちゃにかき回し、似非《えせ》スピルバーグの風味でごまかしたみたいな映画だった。どれもこれも。

「言っちゃ悪いけど……」僕は頬《ほお》をかいた。「三流って感じ……」

「個性的と見せかけて無個性よね。美学と哲学がないんだと思う」

「けっこうひどいこと言うね」

「だってあの人、『映画は僕の魂だ！』なんて言ってたのよ。舌先三寸で」

「揺月、なんだか怒ってる？」

「なんだか、あの人の魂胆が透けて見えてしまったような気がして……」

揺月は、はあ、とため息をついて、欠けた両手をパズルのように組み合わせ、言う。

「……あの人は、わたしを踏み台にしたいだけなんだわ。わたしが塩化病で苦しんだり、その苦しみを克服したりするところを撮って、そして――死ぬところも撮る。塩になったわたしのそばで、八雲《やくも》くんが泣いていたら、もう完璧《かんぺき》ね。完璧なお涙頂戴《ちょうだい》映画ができあがる。シヨパンコンクールの件で有名になっているから、映画はとても話題になると思う。三流でくすぶっているミラー監督を一躍有名にするかもしれない……」

「なるほどね……」

「そしてそういうミラー監督のいやらしさには、ほとんどの人は気がつかない。『泣ける』っていう宣伝文句に釣られて映画館にやってきたような人たちは、ミラー監督の意図した通りに泣いて、あーすっきりしたって満足して、ぐっすり眠って、次の日には忘れてしまう。わたしの死を簡単に消費してしまう。――そんなの嫌《いや》。わたしはそんなことのために生まれてきたんじゃない。そんなことのために泣いたり笑ったりしてきたわけじゃない。三流の映画を二流にするために死んでやるほど、わたしはお人好しじゃない――」

穏やかな日々のなかに、急に垣間《かいま》見《み》えた揺月の激情だった。

——消費されたくない。

それが揺月《ゆづき》のなかにあった頑《かたく》なな思いだったように思う。僕にはその気持ちが痛いほどわかった。震災とCDジャケットの件が、この反骨心を生んだのだろう。震災は、一部の人々に消費された。ボランティアや寄付をする人がいる一方、金儲《もう》けや注目を集めるために利用する人がいた。そして揺月は、CDジャケットの件で、その片棒をかつがされたのだ。

だから、人の不幸や死を安易に消費することが揺月には赦《ゆる》せないし、消費されたくもない。

「あの人はきっと、わたしと同じ塩化病の人を悲しませるし、一見、表面的には優しいようで、深いところでは人の心を傷つけるものを撮ると思う。そんなのは、幾ら売れたとしても、恥ずかしい駄作だわ——」

「……厳しいね。でも僕は、ちょっと、映画、観たかったかも……」

控えめに言うと、揺月はふっと厳しい顔を和らげて、

「じゃあ、八雲《やくも》くんが撮ってよ——」

7

僕は揺月の持っていたビデオカメラを使って、映像を残すことになった。

日常生活の折々に、カメラで揺月を撮る。僕が近づくと、揺月はにっこり笑って手を振って

くれる。可愛《かわい》らしい。どの角度から撮っても揺月はカメラ映えして、ひょっとしたら僕の腕がいいのかしらんと錯覚するほど綺麗《きれい》だった。

ミラノの美しい街並みを背景に、揺月が微笑《ほほえ》みを浮かべてまっすぐに歩いてゆく横顔をずうっと撮っているだけで、ひとつの作品みたいに仕上がるのは不思議なほどだった。僕みたいにせっせせっせと文章を綴《つづ》らなくとも、ただ歩くだけで心を捉える人というのはいるのだ。

画面のなかで、揺月はどんどん綺麗になってゆく気がした。塩化病にかかる直前よりも、綺麗になっていた。それはひょっとしたら死の美しさなのかもしれない。線香花火が、落ちる直前にパッとひときわ強く輝くように。

市場で買った真っ赤なさくらんぼを、揺月は上手くつまめなかった。残った指でなんとか赤い実を持ち上げると、そのちょっとした不器用さすらごまかすように、ぱくっと食べてちょっと恥ずかしそうに笑った。白く結晶化した指の断面とさくらんぼの赤のコントラストが鮮やかすぎて、なんだか血のようにも見えて、落ち着かない気持ちになった。

「映像を撮ってみて、どう、八雲くん？　映画監督になりたくなったりした？」

揺月はすこし首を傾げて訊《き》いた。僕はすこし考えて、

「思っていたより、ずっと楽しかったよ。――でも、僕はやっぱり、小説が書きたい。僕が表現したいことは、言葉のなかにあるという気がする」

「そっか……」揺月は真剣な顔になって、「八雲くんはどんな小説を書きたいの？」

僕はしばらく考えて、言う。

「助けたい——」

揺月《ゆづき》を——と言おうとして、言えなかった。

揺月を絶望から救い出すような小説を書きたい。

揺月がピアノを失った悲しみを、癒《い》やせるような小説を書きたい。

——けれどそんなこと、不可能だとわかりきっている。揺月の絶望や悲しみはあまりにも深いし、僕はあまりにも未熟すぎる。だから、「誰かを」と言った。

「物語でしか救うことのできない誰かを、すこしでも助けられるような小説を書きたい」

「……青臭いね。でもとっても、八雲《やくも》くんらしいと思う」

揺月はそう言って、優しく微笑《ほほえ》んだ。

「じゃあいつかわたしのことも小説に書いてね。わたしも八雲くんの人助けの役に立ちたい」

「うん、きっと書くよ」

僕は無責任に、そんなことを言った。

8

揺月が真夜中にこっそりひとりで泣いていることに、気がついていた。

彼女の寝室からかすかに聞こえてくるすすり泣きの声を、僕はどうすることもできなかった。どうすることもできなくて、小説を書いた。小説のなかで揺月を幸せにした。なんの意味もないとわかりきっていたけれど、祈るように書いた。どうか揺月が救われますように、と。

ある日、夜中に目覚めると、いつもと様子が違った。揺月の泣く声は、聞こえなかった。リビングのほうに、気配がある……。

僕はこっそりとベッドを抜け出し、そっと扉を開いた。

揺月の背中が、見えた。

通りに面する大きな窓のした、机についている彼女の姿を、卓上ランプのオレンジ色のひかりが、どこか懐かしい影のように照らしていた。

彼女は、はっとしたようにこちらを振り向いた。

「ああ、八雲くん、起きてたの？」

近づいていくと、机のうえに、顕微鏡がのっているのがわかった。とても古い、顕微鏡。色あせた真鍮《しんちゅう》製の、台座に筒がついたような単純なかたちのものだ。

「うわあ、どうしたの、これ？」

「アンティークショップで見つけて、なんか、良いなあと思って——つい買っちゃった」

揺月はお尻《しり》をずらして、椅子《いす》を半分あけてくれた。腰掛けると、肌がふれた。揺月の体温は、思ったよりも、高い。顕微鏡の美しい造形をまじまじと見て、それからレンズを覗《のぞ》きこんだ。

半透明な、四角い粒が見えた。

「塩の結晶を見てたの――?」

僕はおどろいて揺月《ゆづき》を見た。彼女は薄く笑みを浮かべていた。

「……なんだか、見なきゃいけない気がして」

揺月はそう言うと、また顕微鏡を覗《のぞ》く。髪を耳にかけ、アーモンド型の目を見開いて。

僕はその綺麗《きれい》な横顔を見て、すこし、ぞっとするような心地がした。

揺月は、自分の死を、まっすぐに覗き込んでいる――

「きれいだね――」と、揺月は言った。「おそろしいのに、とっても綺麗……。こんな風にシンプルで美しい結晶になるなんて、なんだか不思議。こんなに複雑で醜いわたしなのに……」

僕の脳裏に、ワルシャワの戦場が浮かんだ。たくさんの人が殺され、大量の灰になった。灰が灰色の砂漠を作った。人が行き着く先は、もともとからとてもシンプルだ。

とてもシンプルで、しずかで、美しくさえある。

「だけど、さみしい美しさだと思うな」

「でも、誰もが心の奥底では、そんなさみしい美しさのなかに溶けていきたいと思っているんじゃないかな。怒りも憎しみも、悲しみも、苦しみもない、澄んだ水面《みなも》のようなしずけさのなかに……。まるで穏やかなノクターンに身をまかせて、まどろむような……」

窓の外は真夜中のミラノ。まるで海の底のような深い暗闇《くらやみ》――

揺月は死を受け入れはじめているのではないかと思った。美しい塩になって、すこしずつ夜に溶け出しているのではないか……。

「僕は、あの世はもっと賑《にぎ》やかであってほしいな。千差万別の人間が、千差万別の美しさや醜さを抱《かか》えたまま、あの世で幸せであってほしい。千差万別の悲しみに、千差万別の救いがあってほしい。そうしてみんなでけらけら笑っていてほしい」

「……そうだったら素敵だね」

揺月はふっと微笑《ほほえ》んだ。そして、塩になった自分のからだを詰めてあった瓶を手に取り、傾けた。さらさらと真っ白い塩がこぼれ落ち、ちいさな山になった。

揺月は右手に残った人差し指で、山を崩し、花のかたちを描いた。砂絵だ――

にっこり笑う揺月に、僕も笑い返した。その花をくずし、くじらの砂絵を描いた。

「わっ、可愛《かわい》い。八雲《やくも》くん、絵心あるね」

「空飛ぶくじら」

「わたしが死んだら、このくじらちゃんに迎えに来て貰《もら》いたいな」

「ファーストクラスだね」

「うふふ」

揺月は笑って、僕にもたれかかった。揺月の体温を、感じた。呼吸と、呼吸にあわせてかすかに揺れるからだも。あごが、彼女のさらさらした髪にふれていた。ふわりと良い匂《にお》いがした。

そっと揺月《ゆづき》の細い肩を抱いた。彼女はすこしも拒まなかった。

どこか、切ない、かなしい時間が流れた——

「死ぬときには——」揺月はぽつりと言った。「生まれた場所で死にたい」

言葉が冷たい刃《やいば》になって、胸に刺さるようだった。

「……うん」

「帰ろう、八雲《やくも》くん。わたしたちの故郷に——」

9

二月に、福島県郡山《こおりやま》市に越した。

地中海沿岸から越したせいか、揺月の死が近づきつつあったからか、久しぶりの福島はどこか暗い雰囲気に感じられた。故郷の地に立った揺月は、意外にもしずかな表情であった。

ふたり暮らしには十分すぎるほど広いアパートに住んだ。面倒な手続きや引っ越し作業などは大体、僕がやった。作業の終わりに、オレンジの断面のようなデザインの壁掛け時計の角度を、揺月の指示に従って直し、ふたりで笑いあった。

揺月は手の指が一本もなくなってしまっていた。

料理なども全部僕がやるようになった。揺月に不味《まず》いものは食べさせたくないので、勉強し、それなりに時間をかけ、凝ったものを作った。揺月はとても美味《おい》しそうに食べてくれた。

「いいよ～、八雲くん、センスあるよ～」揺月はにこにこして、「はい、あ～ん」と、口を開ける。僕は箸《はし》やフォークで料理をその口に運んで、食べさせた。とても面倒な作業だと思うのだけれど、揺月はとても楽しそうだった。

揺月は指を失っても生活できるように、色々と工夫をした。例えば、手の甲にゴムバンドを巻いていて、それを握力の代わりにしていた。櫛《くし》をはさんで髪をとかしたり、歯ブラシをはさんで歯を磨いたり……。しかしやっぱり面倒なのか、僕にやってもらうことを好んだ。歯を磨くときなどは、わざわざ膝枕《ひざまくら》までさせられた。

髪を洗うのも僕の役目だった。「八雲くーん」と、呼ぶ声が聞こえると、靴下を脱いで、ズボンの裾《すそ》をまくって、お風呂《ふろ》場に入る。バスタオルをからだにしっかり巻いた揺月が、椅子《いす》に座って待っている。塩化病特有の結晶化した断面が水に濡《ぬ》れないよう、ゴム手袋をしている。

僕もまた椅子に座って、揺月の髪を洗う——

「かゆいところはないですか、お客さん」

「うふふ」

などと美容師の真似《まね》をしてふざけていたけれど、内心では正直、ドキドキしていた。揺月は昔よりもやや肉付きが良くなって、白い肩がなめらかにもりあがっていた。バスタオルもちょっと肌に食い込んでいる。お湯がかかると髪は烏《からす》の濡れ羽色になって、首筋はいっそう白く、タオルがからだに貼《は》りついて腰の曲線がなまめかしい。

『一番好きなのはねえ、おっぱいです！　おっぱい!!』

という古田《ふるた》の言葉を頭から追い出して、背中側から手を伸ばして髪を洗った。

しずしずと髪を洗っていると、なんだか切ない気持ちにもなった。揺月《ゆづき》の背中が頼りない白い影のようで、幼い彼女のすがたを思い出した。

二重窓から覗《のぞ》き見た、厳しいレッスンの、悲しいすがた。

揺月はひょっとしたら、あの頃の心に戻りつつあるのかもしれないと思った。死を前に幼い心に戻って、あのとき与えられなかった愛情を取り戻そうとしているのかもしれない。

そう思うと、なんだか揺月のあたまもからだも急にちいさく、わびしかった。

どこか物哀しい気持ちのまま、風呂《ふろ》場を出た。すると、「八雲《やくも》くーん」とまた呼ぶ声。

何事かと思って閉めた扉をまた開けて、びっくりした。

揺月が真っ白な片脚をすうっと浴槽から出していたのだった。

「髪を洗ってくれたお礼に、サーヴィス」

そして、パチンとセクシーにウインクした。日本人であんなに上手にウインクする人を見たのは初めてのことだった。僕は困惑して、

「……あ……うん……ありがとう」

すると揺月はみるみる顔を真っ赤にして、

「――何その反応！　ばかっ！　えっち！　出てけっ！」

そして指もないのにやたら上手に水を飛ばし、パシャンと僕の顔面に命中させた。

理不尽である。あのときどうすれば正解だったのか、未《いま》だにわからない。

10

ご両親に会いに行かないのか、と尋ねると、揺月はひどく怒った。

「行きません、あの人たちとは縁を切りましたから」

「……一回くらい、会ってあげたら？　心配してるだろうし……」

「いやだ。もう会わないって決めたの」

「揺月がご両親を嫌う理由もわかるけど、蘭子《らんこ》さんがあんなに厳しかったのは愛情ゆえ――」

「八雲くんに何がわかるの？」僕の言葉を遮るように、ぴしゃり、と揺月は言った。「――っていうか、八雲くんが、わたしの家庭に口出しする権利、あるの？」

……そういえば、ない。全くもって、ない。揺月と奇妙な同居生活を続けたせいで、結婚したような気になっていたのかもしれない。恋人同士ですらないのに。

揺月はまだ、怒りが収まらない様子で言う。

「八雲くん、ドラマツルギーに毒されてない？」

『ドラマツルギー』――揺月《ゆづき》の言っているのは、『作劇法』の意味だと思われた。

「物語冒頭で喧嘩《けんか》した両親と、終盤で仲直りしてハッピーエンドみたいな。そんな物語作家特有のパターン化した思考をしてない？」

えっ、そうなの？　と思った。そうかもしれない。無意識に僕はそんな思考法に染まっていたのかもしれない。あり得ないとも言い切れない。揺月は言う。

「やめてよね。人の気持ちはそんなに単純じゃないんだから。よく、テンプレートみたいに『親は大事にしなきゃ』とか『家族だし赦《ゆる》さなきゃ』とか知ったふうに言う人がいるけど、それは結局、親がまともだった人の意見だからね。恵まれた環境にいる、想像力のない人の意見だからね。――わたしはあの人たちのおかげで確かにピアニストになれたけれど、その他に関しては憎んでる。ずっと赦せないと思う。そんなに単純じゃないの。だからミラー監督の映画みたいに大雑把な枠組みで、わたしを処理しようとしないで。そんなに鈍感な手つきで、簡単に物語化しようとしないで」

僕はそれ以上、何も言えなくなってしまった。繊細すぎるほど繊細なのが、僕だと思っていた。けれど揺月はあまりにも鮮やかに僕の鈍感さを浮き彫りにした。ワルシャワ旧市街の銃《じゅう》痕《こん》を見て涙した人間と、揺月の家族の微妙な問題に土足で踏み込もうとした人間が、同じ人間である――それは恐ろしく奇妙でありながら、至極自然なことなのだ。人間の想像力など、高が知れている。それはきっと、どんな偉大な人間でもそうなのだ。昨日誰かを慰めたのと同じ言葉で、今日誰かを傷つける。そんなことは世にありふれている。だから僕らは想像しなければならないのだろう。自分に想像力がないことを。誰にも完璧《かんぺき》な想像力がないことを――

「〝物語化〟か……」

その言葉が、妙に胸に刺さった。ミラー監督が訪れたとき、『消費されたくない』と揺月が言ったことを思い出した。あのとき彼女は『物語化』されることも同時に拒んでいたのだ。

『物語化』とは、なんだろう。

ひいては、『物語』とは、なんだろう。

そんなことを考えた。

そしてなぜ、揺月は一方で、僕の小説になることを望んだのだろう？

11

三月の初め、ポーランドから、荷物が届いた。

ヴァイオリンでも入っていそうな、細長いダンボール箱だった。

ぎっしり詰まった緩衝材のなかからさらに、一回り小さい箱が出てきた。

それを開けると、黒いスポンジの土台のうえに、美しい銀色の腕が収められていた。

「なんだろう、これ――？」

摇月《ゆづき》は同梱《どうこん》されていた手紙を開封して読んだ。そのあいだ、僕は銀色の腕を手にとって眺めた。繊細な細工のほどこされた、一見すると工芸品のようにも見える、腕……。緻密《ちみつ》な内部構造が、あえて見えるように作ってある。

「義手、みたいだね。機械義手」

摇月はそう言って、手紙を僕に手渡した。そこには日本語でこう書いてあった。

日本人の友人に代筆をお願いしております。

わたしはポーランド人の、エミル・カミンスキと申す者です。

突然、荷物を送りつけて申し訳ありません。本当は直接お会いしたかったのですが、多忙のためこういうご挨拶《あいさつ》となってしまったことを、ひらにお詫《わ》びいたします。

（中略）

――わたしはいま、ポーランドのコペルニクス・テクノロジーズという会社で、機械義手の開発に携わっております。お送りしたのは、『AGATERAM（アガートラム）』という名前の、開発中の新作です。まだ発表前で、ネット上に情報はひとつも出ておりません。

革新的な仕組みとしまして、従来の表面筋電位を利用する方法に加え、超音波データをＡＩでディープ・ラーニングし微調整を繰り返すことで、オーダー・メイド的に――

（中略）

そういうわけで、羽根のように軽く、既存の機械義手よりもはるかに短い訓練時間で、自由に動かせるものができたのであります。しかも完全防水であらゆるシーンに――

（中略）


お願いというのは、実は、わたしの娘のことです。名前はミアハ。六歳です。

ミアハには、生まれつき腕がありません。先天的に両腕の前腕部を欠損しているのです。

その娘と一緒に、第十七回ショパン国際ピアノコンクールでのあなたの演奏を、ワルシャワ・フィルハーモニーで拝見致しました。娘はとても感激して、涙さえ流して、あなたに憧《あこが》れを抱きました。自分もピアノを弾きたい、と言いだしたのです。

しかしミアハには腕がありませんから、そんなことは不可能だとわかっていたのです。それからというもの、娘はふさぎがちで、ろくに食事もせず、あなたの演奏動画ばかり見ています。

まるで、自分に腕がないことに、ようやく気がついたかのように……。

自分は機械義手の開発者ですから、いつかパパがお前の腕を作ってみせると見得を切ってもみたのですが、どうしても信じてもらえません。

ミアハはいまゼロ学年（代筆のわたしが注釈します。ポーランドには日本と違い幼稚園がなく、七歳の九月に小学一年生になる前に、ゼロ学年を修了しなければなりません）で、ハンディキャップを抱《かか》えて初めて集団生活を送る辛《つら》さもあるのでしょう、学校を休むことも多く、引きこもりがちになってしまっております。

「人生には辛《つら》いことがたくさんある、ミアハもそれを乗り越えなければいけないんだよ」と諭《さと》したのですが、「パパには腕があるからわからないんだよ」と言い返され、恥ずかしながら途方に暮れてしまいました。

（中略）

まことに勝手なお願いなのですが、五十嵐《いがらし》揺月《ゆづき》さまに、アガートラムを装着して、ピアノを弾いていただくことはできないでしょうか。

ほんのすこしで良いのです。あなたのその姿を見れば、娘も将来に希望を持ち、辛い現実に立ち向かう勇気が出ると思うのです——

（後略）


冗長な手紙であった。非常に迷いながら、しかし情熱を籠《こ》めて書かれたものだとわかる。

「揺月、どうするの——？」

「どうするもこうするも——現状では装着できないから、なんとも……」

アガートラムは前腕のなかほどまで欠損していることを前提の作りになっていた。揺月はまだ手の甲まで残っているので、装着できるのは数ヶ月後のことになりそうだった。ただでさえ少なくなっている揺月の寿命を、さらに義手の練習に費やすことになるやもしれない……。

「装着できるようになったら……？」

「できる限り協力したい」即答だった。「でもこの腕がどの程度動くかわからないから……」

僕らは機械義手について調べた。機械義手でメジャーなのは、皮膚表面から筋電位を拾い、電気信号に変換して動かすタイプである。日本ではまだ普及が進んでいなかった。というのも、国内で流通している機械義手はほとんどがドイツ製で、値段が百五十万円もする。『筋電義手を使いこなせる』という証明を医師から付与されれば、補助金が支給されるが、その証明を得るための訓練施設は全国に三十箇所ほどしかなく、子供が訓練できる施設にいたっては三箇所しかない。そのうえ、訓練には二~三年ほどかかり、その際は訓練用義手を使わねばならないのだが、それには補助金が出ず、全額自己負担となる。これでは普及は難しいだろう。

それに比べると、アガートラムは3Dプリンタの技術を導入したことで非常に安価に作成でき、訓練期間もほとんど必要なく、自在に操れるようになるという。本当なら革新的なことだ。たくさんの人々の希望になるに違いない。

僕らはネットに上げられている機械義手の動画を幾つか見た。複雑な手の動きを機械で再現するというだけで凄《すご》いことだ。技術者の方々には尊敬の念を抱かざるを得ない。しかし、どの義手もまだ、ピアノを弾けるほどの段階には達することができていないようだった。

アガートラムの動画はもちろんなかった。企業秘密なのだ。だから結局、この美しい腕がどのように動くのか、僕らには想像もできなかった。

12

3月11日——

揺月《ゆづき》は黙祷《もくとう》を捧げた。すこしうつむいて目を閉じるその姿が、美しくて驚いた。

13

四月——揺月は手首から先を完全に失った。

色々なことを足で行うようになった。揺月はかなり器用で、スマートフォンなども足の指ですいすい動かしていて、こちらが驚くほどだった。それでいて、下品な動きをするところは一度も見なかった。下品になりそうなときは巧妙に僕の目線を避けていたのだろう。

ふたりで、あの花畑によく散歩に行った。小学三年生のとき揺月が教えてくれて、以降、母さんのために僕がよく花をつんだ、あの野生の花畑だ。そこを突っ切ると、揺月の実家がすぐそこにある。僕らは彼らの目と鼻の先に住んでいたのである。

僕らの住処《すみか》の方面は、一面のタンポポ畑だった。強い風が吹くと、まるであざやかな黄色い海だった。黄金《こがね》の波が立ち、彼方《かなた》の花野でゆるゆるとほどけ、木立のあたまをかすめて空へと舞い上がる。果てしない旅路に飽き足らぬ風の、無邪気なたわむれのようだった。

揺月はタンポポ畑のうえに座り込むと、靴とくつしたを脱いだ。あざやかな黄色い花のうえに、白いすらりとした素足。そして肌よりも白い、群晶化した断面……。揺月は足の指を失い始めていた。いつ歩けなくなるやもしれない……そんな危惧《きぐ》があって、よく散歩に出るようになったのかもしれなかった。

揺月は足の指の、断面のあたりを指先で撫《な》でて、言った。

「すこし、ぴりぴりするかも」

「ぴりぴりって、幻肢痛《げんしつう》みたいな？」

「たぶんそれだと思う。これからひどくなるのかな？　お母さまはどうだった？」

「……母さんも、幻肢痛で苦しんでいたね」

ゆるやかな風が吹くと、タンポポの花がさわさわと素足をなでた。まるで母親が子供の痛くなったお腹をさするような、やさしい手つきに見えた。この手つきが揺月の幻肢痛を癒《い》やしてくれないだろうか、と思った。

「……揺月、最近、どこに出かけてるの？」

揺月はこの頃ひとりで外出するようになっていた。こっそりと、どこか後ろめたそうに。

彼女は揺れるタンポポの花を見つめながら、しずかに、言った。

「……完全に動けなくなる前に、ホスピスに入ろうと思って」

治療を目的とする病院と違い、ホスピスは死を目前にした患者の苦痛緩和を目的とする施設である。揺月《ゆづき》の死が近づく足音が聞こえたようで、どきりとした。

「八雲《やくも》くんに介護されたくないし、早めに入りたい」

「僕に介護されたくない？」

「あっ、八雲くんが嫌《いや》だとか、そういう意味じゃなくてね……」

揺月はそれ以上、何も言わなかった。

14

五月——揺月は足の指の大部分を失っていた。

バランスをうまくとれないのか、よたよたと、どこか覚束《おぼつか》ない足取りで、まろびかけて助けられては、どこか照れくさそうに、ごまかすように笑った。

それでも歩き続けたのは、やっぱり自分の足で大地を踏みしめる感覚が名残惜《なごりお》しかったからではないだろうかと思う。淡々とふむ一歩一歩が、深々とつむがれる別れの言葉だった。

いつの間にか、雪が降ったのかと思われた。あざやかな黄色だったタンポポ畑は、けがれない雪野に変わっていた。風が立つと、ざわめき、波が立つ雪野に——

タンポポの花が、いっせいに綿毛に変わったのである。

「うわあっ——」

揺月は目を輝かせ、ほう、とため息をついた。その息が白いような気さえした。まだ新しい、傷一つないなめらかな雪のうえに、ぽつぽつと足跡をのこして歩いた。一歩ごとに、ふわりふわりと綿毛が舞った。ふたりでしずかに座り込むと、さわさわと音がする。種がいっぱいに詰まった丸い綿毛のひとつひとつが、まるでささやかな神楽《かぐら》鈴であるかのような、ある種の予感に満ちた音であった。大声を出すと、この穏やかな景色がいっぺんに壊れてしまいそうで、僕らはたがいの耳元に口を近づけて、ささやきあうように話した。揺月の息がかかって、くすぐったかった。

「ねえ、せっかくだから、秘密の話をしようよ」

甘い声だった。

「いいよ」

「八雲くんから」

「密《ひそ》かにこう思ってた」僕は溜《た》めて、言う。「墾田永年私財法って、すごく語呂《ごろ》がいい」

揺月はくすくすと笑いつつ、眉《まゆ》をしかめた。

「何それ？　八雲くんサイテー。――じゃあ今度は、わたしの番だね」

揺月は唇《くちびる》を僕の耳に近づける。鼻のさきがひやりと耳にふれる。かすかな呼吸が聞こえる。

――ふいに、風が吹いた。乱暴な風だった。

僕は髪の毛をかきみだされ、目をつぶった。

風がゆるやかになった。目を開けると、夢まぼろしのような光景がひろがっていた。

雪野のようにひろがっていたタンポポの綿毛が、いっせいに飛び立っていたのである。雪よりもしずかに、激しく、くるくると風に舞い、花野をわたり、木立のあたまをかすめ、五月の青空へとのぼってゆく——

視界のすべてが真っ白に染まるほどで、何かぞっとするような美しさだった。

「怖い——」と、揺月《ゆづき》が言った。かすかに震えた声だった。「もう亡くなったおばあちゃんが言ってたんだけど、タンポポの綿毛が耳に入ると、音が聞こえなくなっちゃうんだって。わたしの代わりに、八雲《やくも》くん、塞《ふさ》いで——」

どうやら本当に怯《おび》えているようだった。迫り来る死に対してあれだけ気丈でありながら、迷信にこれだけ怯えるというのは、変でもあるが、とても人間らしいという気がした。

僕は揺月の耳を両手で塞いだ。——ぱち、ぱち、と大きなアーモンド型の目がまばたきする。呼吸が、かすかに震えている。両手のなかに、か弱い命を守っているような気持ちになった。

急に揺月が、たまらなくいじらしく、愛《いと》しく思えた。

互いに、見つめあった。

そこから先は、まるで魔法にかかったように、すべてが自然だった。

僕らは初めて、キスをした。

15

最初にキスをしてからしばらくは、揺月は目を合わせただけで真っ赤になり、サッササッサとどこかに隠れてしまっていた。真っ赤になっていたのは僕も同じで、ふたりして鬼のいない隠れんぼを延々と続けていたようなものだった。

――ある日の夜、リビングのソファーに座っていると、隣にサッと揺月が腰掛けた。いきなりのことで面食らった。とうとう対決の日が来たか、という感じだった。

僕らは身じろぎもせず、しばらく見たくもないテレビを並んで見ていた。サバンナで暮らすチーターの親子が映っていた。『あっ、あぶない！　怒ったアフリカスイギュウです！』とか、『――ほっ。間一髪、無事でした』とかいう声が流れている。カメラが僕らを捉えたら、『あっ、見てください！　付き合う前にキスしてしまった気まずいカップルです！』なんてナレーションされるのかもしれない。

「八雲くんは――」揺月は顔を真っ赤にして、テレビを見つめたまま言った。「いつから、わたしのこと好きだったんですか？」

思わず、びくっ、としてしまった。清水《しみず》でも空振りしそうな火の玉ストレートである。しかも敬語である。――バン！　とテレビから銃声が鳴った。

『かつて多くのアフリカゾウが、象牙《ぞうげ》のために密猟《みつりょう》者に乱獲されました――』

「……好きだなんて言ったっけ？」

「……む。好きでもないのに、ああいうこと、したんですか？」

『インパラが逃げ場のない水辺へと、追い詰められていきます――』

僕は観念して、言った。顔は真っ赤になっていたと思う。

「……好きでした」

「……い、いつからですか？」

「……最初に会ったときから……ずっと好きでした……」

「……わ、わたしも……」揺月《ゆづき》はごくりとのどを鳴らした。「……最初に会ったときから……ずっと好きでした……」

好きだと言われて、嬉《うれ》しいやら、恥ずかしいやら、どうしたらいいかわからなかった。テレビではチーター親子によってインパラが血祭り。

「……あの、揺月さん、どうしましょう……？」

「……いっちょう、手でも繫《つな》いでみますか、八雲《やくも》さん……？」

「……あの……揺月さん、手、ないです……」

「……そうでしたね……」

これは笑ってもいいのだろうか？　揺月は、言う。

「……じゃあ、代わりに……接吻《せっぷん》でもしてみますか……？」

なぜ接吻などという言葉をチョイスしたのか謎でしかなかったが、そんなことを気にしている余裕もなかった。僕らは向かいあった。揺月は頬《ほお》を染め、恥ずかしそうに唇《くちびる》を引っ込めて、まばたきを繰り返した。そして、しずかに目を閉じた。

きれいな揺月の顔だった。あらためて、まつげ、長いな、と思った。

どきどきと、心臓がうるさかった。すこしずつ顔を近づけ、目を閉じた。

――ふわり、という感触だった。

まるで雪のひとひらが唇のうえで音もなくほどけたような。

近づくときの倍の速さで、僕らは顔を離した。揺月の顔はさくらんぼみたいに真っ赤になっていた。恥ずかしさのあまりか、泣きそうですらあった。そして、

「……あ、ありがとうございました。これからもよろしくお願いします」

と、変なことを言った。僕もたぶん真っ赤になって、

「あ、はい、こちらこそ、よろしくお願いします」

「……では、おやすみなさい」

「おやすみなさい」

揺月はさーっと行ってしまった。僕はなんだか奇妙なやりとりを思い出して首を傾げながらも、まだどきどきしている心臓の音を聞いていた。

大人になったチーターの長男が、凛々《りり》しい顔で、夕暮れのサバンナを見つめていた。

16

そんなふうにぎこちなく僕らは恋人同士になったわけだけれど、揺月《ゆづき》はだんだんと意外な本性を見せた。キス魔だったのだ。

「ねー、八雲《やくも》くん、ちゅーしようよ」

というのが、揺月の口癖のようになった。ちゅっ、と軽く唇《くちびる》を合わせただけでもう頰《ほお》が桜色になって、うふふ、と満足そうに笑ってすぐどっかに行く。通り魔みたいなスタイル。

揺月が『ちゅー』と言うのは、『キス』とは恥ずかしくて言えないかららしかった。ちゅー>接吻《せっぷん》>バーチョ>ベーゼ>キスの順で恥ずかしくないらしい。謎の生態である。

だから僕が『キスしよう』と言うと顔を真っ赤にして首を横に振るけれど、『ちゅーしよう』と言うとあっさりしてくれたりした。なんだか意地悪い気分になって、『バーチョ』の辺りを重点的に攻めると、だんだん不機嫌になって、しまいにはめちゃくちゃ怒られた。

揺月が隣に来て、手がない腕でうまいこと髪を耳にかけたら、だいたいキスをしたがっている。——ので、そのうち求められるんだろうな、と思ってどきどきしっ放しになって心臓に悪い。僕は全然キスに慣れなかった。揺月のことがあまりにも好きすぎて、逆にキスしにくい心境だったのである。だから一時期、揺月が近づくと、僕は臆病な草食動物みたいにビクッと体を震わせるようになっていた。悲しい生態である。

17

甘い生活がつづく一方で、揺月の塩化病も着実に進行していった。

五月の末には、腕は前腕部の半ば近くまで塩になって崩れ落ちていた。腕のなくなった空白に、僕はずきりとひどい痛みを覚えた。塩化病の進行速度は人によって誤差がある。あとどれほど揺月は生きられるのだろうと思うと、胸が締めつけられるようだった。

「ねえ、そろそろ、アガートラム、試せるかな?」

すっかり、そのことを忘れていた。クローゼットの奥から、もはや懐かしいあの箱を取り出してきた。ふたを開けると、銀の両腕が変わらぬ美しいすがたで鎮座していた。

揺月のやわらかい腕をとり、その硬い腕をはめてみる――

「ぴったり!」

揺月は腕をかかげ、何か不思議そうな顔で眺めた。ぴったりだったのは揺月のためにオーダーメイドしたからに違いなかった。おそらく演奏映像などから寸法を割り出したのだろう。

同梱《どうこん》されていたスマートフォンのアプリから、アガートラムを起動する。

ポーンヌ!　という音がいきなりアガートラムから発せられ、揺月はびくりとした。

「――わっ！　なんかもう、動く！　動く！」

くねくねと銀色の指が動いていた。動きの滑らかさと静音性に驚いた。まるでクモが動いているかのようである。アプリから、さらに数ステップの初期設定を行った。揺月《ゆづき》専用に微調整したのである。すべてのシークエンスを終えるともう、ある程度は自由に動く手になっていた。揺月は何か比類ない宝石を見るような表情で、閉じたり開いたりする指を眺めていた。

「これ、すごい……。すごく綺麗《きれい》……。――えいっ」

揺月は急に、僕の鼻をつまんだ。僕は笑いながら言う。

「痛い痛い痛い……」

「あはは、もげろ～」

すこし涙が出たのは、揺月にまた動く腕ができたことが嬉《うれ》しかったからだった。

「これならピアノ、弾けるかも――！」

僕らは急ぎ、楽器店へと向かった。途中でアガートラムを隠すことのできる黒革の手袋を買った。企業秘密をおおっぴらに見せ歩くのはどうかと思ったのである。

楽器店に陳列してあるピアノの前に立った。揺月は両手を鍵盤《けんばん》のうえに構えた。

そして、深呼吸した――

一度失った、ピアノである。取り戻せなかったら悲しいだろうし、取り戻せたとしても、また失うとわかっていて悲しいだろう。いずれにせよ悲しみがつきまとう。

しかし揺月は、ゆっくりと、弾きだした——

美しい音が響いた。思わず、ぞくり、と震えた。

それは、ショパン国際ピアノコンクールで弾けなかった曲の続きだった。

もちろん、あのときほど美しい音は出ないし、テンポもずっとゆっくりだ。けれどあのとき失われた何かを、アガートラムの奏でる音が、確かに埋めてくれた。

揺月は弾きながら、涙を流していた。——弾き終わると、僕の胸に顔を埋め、声を押しころして泣いた。泣きやむまで、僕はその背中を優しくなで続けた。

18

七月の初め——僕らはふたたび、ポーランドはワルシャワの大地を踏んだ。揺月がワルシャワに行きたがったので、エミルさん親娘《おやこ》とはそちらで会うことにしたのである。

ワジェンキ公園のショパン像、ジェラゾヴァ・ヴォラにあるショパンの生家、ショパン博物館のプレイエル……前回は行けなかった場所を見学して回り、クラクフにある世界遺産のヴィエリチカ岩塩坑まで足を延ばした。

——そしてついに、ミアハちゃんのために演奏する日が来た。

ホテルの窓から差しこむ明け方の白い光のなか、揺月はアガートラムの調節をしていた。塩化病は刻一刻と進むので、詰め物をしてぴったりと腕に馴染《なじ》むようにしていたのである。まるで決闘に赴くガンマンが入念に銃を整備するような緊張感があった。

この日のために、揺月《ゆづき》は少なからず寿命を費やした。電子ピアノを購入してアパートに運び込み、一日に五時間ほど練習したのである。

「中途半端な練習じゃ、ミアハちゃんの希望にならないから——」

他の部屋への騒音とならないよう、揺月はヘッドフォンをつけていたから、僕はその音色を聴くことができなかった。僕は他の部屋でカタカタとキーボードを打っていた。そうしながら、人間はやっぱり本質的には孤独なのだと思った。並んで運河をゆくふたつの舟のように。一時はひとつの舟のようでも、やがて広すぎる海のうえで離れ離れになってしまう運命だ……。

——ワルシャワの七月は、涼しい。

この日も最高気温が20度前後と、とても過ごしやすかった。ピアノの音色も軽やかにのぼってゆけそうな、青く澄んだ夏空。ワルシャワの街並みもどこかまどろんでいるような、そんな穏やかな好日であった。ショパン音楽アカデミーの一室を借りた。元から休講日だったが、ひと気がほとんどなかったのは、アカデミー側が気を利かせてくれたのかもしれない。

エミルさんは、長い鼻と優しそうな垂れ目が印象的な、細身の紳士だった。銀の細いフレームの眼鏡《めがね》が、いかにもアガートラムの製作者という感じだった。ブラウンのスーツはなんだか古ぼけた色合いで、長身も相まってなんだか『大きなのっぽの古時計』を連想させる。

「ハジメマシテ、キョウハアリガトーゴザイマス。カンシャカンゲキデス」

とエミルさんは日本語で挨拶《あいさつ》した。一生懸命練習したのだろう。そして、猫背になって僕らと握手した。すでに感激で泣きそうな笑顔だった。

その長い脚の後ろから、ちっちゃな女の子が顔を出した。恥ずかしくて隠れていたのである。お人形みたいに可愛《かわい》らしい子だった。ウェーブのかかった金色の髪に、空色の瞳《ひとみ》、ひろくてまるいおでこ。おめかししてきたのだろう、白いレースの水色のドレスを着て、リボンもつけていた。両腕は、肘《ひじ》から先がない。——彼女がミアハちゃんだった。

揺月はなんとポーランド語で、彼女に話しかけた。ミアハちゃんは笑顔になって、恥ずかしそうにからだを揺らしながら、二言三言、会話した。とても微笑《ほほえ》ましい光景だった。

エミルさんが三脚にビデオカメラをセットした。レンズはピアノを捉えている。窓から差しこむ透明な光が、ななめに鍵盤《けんばん》に落ちている。あとから映像を送ってくれるというので、僕は手ぶらでよかった。揺月がグランドピアノの前に来て、すこし照れくさそうにお辞儀した。彼女は真っ白なサテンのドレス姿だった。アガートラムのシンプルな美しさが際立っている。

僕らは拍手した。ミアハちゃんもとても嬉《うれ》しそうに両腕を打ち合わせていた。

揺月は腰掛けると、ピアノのうえのアンパンマンのぬいぐるみを見た。今日の演奏が不安で不安でしょうがなくて、ついにここまで持ってきてしまったのだ。

そして、まつげを伏せ、すうっと深呼吸した。

その瞬間、僕はあっと息を呑《の》んだ。ショパン国際コンクールでの最後の演奏のときのように、揺月《ゆづき》がまた、ピアノの一部、美しい楽器のように見えたのである。

静寂に漕ぎ出す、入魂のフォルテ——

アガートラムが、奏ではじめた。まるで本当の腕のように、なめらかに音を紡いでゆく。

揺れる小舟のような、黒鍵の伴奏。

ショパンの『舟歌』——

一挙に、子供の頃の記憶が蘇《よみがえ》った。揺月と出会った翌日の記憶——

マウリツィオ・ポリーニと自分の演奏を臆面もなく比べて、『もっと幽玄《ゆうげん》さと円熟味がほしい』とか『早く失恋がしたい』とか、子供離れしたことを言っていた、美しい少女の記憶。ピアノに夢中な少女の記憶——

まるで一瞬のうちにあざやかな花が咲いたかのように、そんな記憶が蘇ったのだ。

魂をうばわれて、演奏に聴き惚《ほ》れた。

なんという澄み切った音色だっただろう——。とても人間が奏でているとは思われない、天国の楽器がひとりでに鳴っているような、清らかで透明な音色だった。

恋人たちを乗せたゴンドラが、ヴェネチアの水路をゆくのが見えるようだった。

くらやみを秘めた海も、天国とひとつながりの空も、あざやかな幻となって立ちあらわれた。

アガートラムも、音色も、さながら水面がひかりをはじくかのように、きらきらと美しい。

ロマンチックで、どうしてか、とても懐かしい気持ちになる。涙が出るほど懐かしい。

そして、どこか、かなしい。悲しくて、愛《かな》しい。

のこされた日々を慈しみ、惜しむような、切ない音だ。

舟はとまることなく、時間の流れにそって揺れ——進む。

ヴェネツィアの街並みが、いつの間にか、ワルシャワの街並みに変わった。

こわされてしまった、旧市街の街並みに——

時間に磨きぬかれた祈りの音が、霧のむこうに、しずかに、あの世の街並みを見せた。

優しい祈りの雨が、葬いの花束が、傷ついた街にふりそそいでいる。

いつかこの街が癒《い》えるように。

しずかに救われるように。

僕はいつの間にか、ぽろぽろと涙をこぼしていた。

揺月はとても楽しそうに、とても愛しそうに、ピアノで歌った。

はかない人間の魂のための、清らかな賛歌——

エミルさんは両手で口を押さえ、いまにも崩折れそうに泣いていた。涙が眼鏡《めがね》のうえでちいさな海になって、ぽたぽたと滴《したた》っていた。

ミアハちゃんの目はきらきらと輝いていた。美しく清らかなものをまっすぐに見つめることのできる、子供だけがもつ、青空のように澄み切った瞳《ひとみ》だ。

19

演奏が終わると、僕らは惜しみない拍手を送った。

揺月《ゆづき》はアンパンマンのぬいぐるみを持って、ミアハちゃんのもとへと歩いていった。

ミアハちゃんはきらきらした目で、

「とってもきれいな演奏だった！」

と言ったことが、どうしてかわかった。すべてのやり取りが、知らない異国の言葉なのに、すうっと心に染みこむように理解できた。揺月は優しく微笑《ほほえ》んで、

「ありがとう。この手も、とってもきれいでしょう？」

「うん、すごくきれい！」

「ミアハちゃんのお父さんが、作ってくれたんだよ」

ミアハちゃんはまだ涙をこぼしているエミルさんを見上げ、また視線を戻して、

「本当？」

「本当だよ。ミアハちゃんの腕も、お父さんが作ってくれるよ」

ミアハちゃんはまた見上げた。エミルさんは涙を拭《ふ》いて、

「ああ、まかせなさい！」

と胸を張った。ミアハちゃんは花がほころぶように笑った。

「ミアハも、お姉ちゃんみたいにピアノを弾けるようになる？」

揺月はにっこりとお日様みたいに笑って、

「きっと弾けるようになるよ！　もしも辛《つら》くなったら、このお人形を見て、お姉ちゃんのこと、思い出してね。きっと勇気をくれるから」

そして、アンパンマンのぬいぐるみを手渡した。ミアハちゃんはとても嬉《うれ》しそうに、愛《いと》おしそうに、短い腕でそれをぎゅっと抱きしめた。まるで自分自身の心臓を抱きしめるみたいに。

「ありがとう――！」

アンパンマンの赤い服が、命の色のようだった。

20

夕方の飛行機に乗るために、ショパン空港へと向かった。

壁一面の窓ガラスから、夕陽《ゆうひ》が港内を赤く染めあげていた。

行きかう人々は、なんだか影法師みたいに見えた。

映画のラストシーンみたいだ、と僕は思った。遠い昔に誰もいない映画館で見た、もうタイトルもすじも憶《おぼ》えていない映画。すっからかんの映画館がものさみしい夕陽の色に染まっていた。僕はどうしてだか泣いていて、帰り道も泣きながら歩いた。もう思い出せない記憶……。

この赤いひかりのなかのどこかに、あのちいさな青空のようなミアハちゃんがいるのだと思うと、どこか不思議な気持ちになった。

『別れの曲』が、しずかに流れていた——

ピアノを弾いていた人に、見覚えがあった。以前、初めてショパン空港に訪れたときに、『ワルツ第13番』を弾いていた、ひげの濃いガタイの良い男性だ。

僕はなんだか、彼に、とても深い親しみのようなものを覚えた。けれど僕らは他人同士だし、きっともう二度と会うこともないのだ。そう思うと、なんだか切なくて、愛《いと》おしい。

そばを通り過ぎてから、すこしだけ振り返った。

彼は僕に気がつくと、微笑《ほほえ》んでくれた。僕は微笑み返した。

飛行機に乗ってシートベルトを締め、落ち着くと、揺月《ゆづき》が言った。

「ねえ、八雲《やくも》くん、わたしの演奏、どうだった?」

「とっても良かったよ。言葉では言い表せないくらい」

すると揺月はすこし、悪戯《いたずら》っぽく微笑んで、

「ちゃんと、三回失恋したからね。誰かさんのせいで」

「え、僕——?」

「胸に手を当てて考えてみなさい」

胸に手を当てて、考えてみた。が、さっぱりわからなかった。このときは。

揺月は可愛《かわい》らしく顔をしかめて見せ――ふっと微笑んで、どこか切なげな顔になった。

「こうしてすべてが終わって、考えてみたら、なんだかベタな映画みたいな出来事だったね。ミラー監督の映画よりも、もっとずうっと……」

「考えてみたら、そうかもしれないね」

「でもね、とても素直に、嬉《うれ》しかった。あのてらいのなさが。ミアハちゃんのまっすぐさが。とっても嬉しくて、幸せで。なんだか、救われた……」

飛行機がとび立った。窓の外、どんどん小さくなっていく街に、揺月はぽつりと言った。

「さよなら、ワルシャワ」

その頬《ほお》に、涙がつうっと流れ落ちた。

それは絵具をとかしたような、悲しみの青い涙ではなかった。

夕焼けのいろが、すうっと通りぬけてゆくような、透明な涙だ。

八章
Chapter.8

1

たぶん、『舟歌』を演奏してから、揺月《ゆづき》のなかで何かが変わった。

揺月は以前よりも、軽やかになった。青空をゆく一羽の白い鳥のように。足首から先がなくなったせいで、車椅子《いす》なしでは移動できなくなった揺月が、以前よりも軽やかになったのは矛盾しているように感じられた。僕はきっと、自由の本質がよくわかっていなかったのだ。

遠くの青空を見に行くことではなく、心のなかにいちばん美しい青空をひとつ仕舞ってあることが、本当の自由なのだろう。ミアハちゃんが、揺月の青空になったのだ。

そうなると、取り残されたような僕だった。それで、

「何か、叶《かな》えたい願いとか、ない？」

そんなことを、訊《き》いた。揺月をまだこの世に繋《つな》ぎ留めておくための、ささやかな鎖。

「うーん、そうだなあ……考えておくね」

揺月は三日ほど、考えた。そして、僕がもう忘れかけていた頃、急に言った。

「八雲《やくも》くん、わたし、ウェディングドレスが着たい」

「え？　――ああ、願いごとか。ウェディングドレスって、どこで借りられるのかな？」

「……そうじゃないでしょ」

「ん？」

「……それでも小説家志望なの？　三十分あげるから、よく考えて！」

揺月はぷんぷん怒りながら、キコキコ車椅子をこいで、隣の部屋へ行ってしまった。

僕はアホみたいに口をぽかんと開けて、なんと十分も考えた。

そして、慌てて部屋から駆け出して、フラワーショップへ行った。

プロポーズのための、花束を買いに——

2

揺月が僕の父さんに挨拶《あいさつ》すると言って聞かないので、連絡を取るハメになった。

三時間ほど悩んで、ようやくこういうメッセージを送った。

『久しぶり。結婚することになった』

三時間ほど経って、返事が来た。

『おめでとう。驚いた』

あまりの情報量の少なさに、逆に頭が痛くなった。ぽつぽつと、やり取りを続ける。

『結婚相手が、父さんに挨拶したいって』

『そうか。いつ？』

『できるだけ早く。彼女、車椅子《いす》だから、こっちに来てもらいたい』

『明日行く。午後三時』

意外なほど迅速《じんそく》であった。小説家はこういうとき融通が利くのかもしれない。

この遅れてやってきた三者面談の心配で、その夜はぜんぜん眠れなかった。

翌日——約束の午後三時に、父さんのおんぼろメルセデスがアパートの前に停《と》まった。

ドアチャイムが鳴った。扉を開けると、影が、立っていた。

——五年半ぶりに会う、父さんだった。

父さんは記憶のなかよりも、ずっと小さいように思われた。僕の身長が伸びたのだ。相変わらず黒い服を着て、影のような細身だった。年老いた、というほどは老いていなくて、眼帯も相まって、なんだか伊達政宗《だてまさむね》みたいなシブさを獲得していて、なぜだか悔しい。

「来てくださって、ありがとうございます。五十嵐揺月《いがらしゆづき》と申します——」

揺月はにっこりと笑って、両手を差し出した。父さんは揺月とアガートラムを交互に見た。どういう感情がそこにあるのか、全く読み取れない。彼は笑みを浮かべて、握手した。

リビングのテーブルについた。完全なる三者面談状態である。背中に脂汗をかいて、何をどうすればいいのか思いあぐねていると、父さんが言った。

「いやまさか、八雲《やくも》の結婚相手が、ピアニストの五十嵐揺月さんだとは思いませんでした。同じ学校に通っていることは知っていたのですが……。びっくりして腰が抜けるかと思いましたよ——」あれで驚いてたのかよ、と僕は内心で思った。「ショパン国際コンクールでの演奏、実に素晴らしかったです。感動しました」

「ありがとうございます、お義父《とう》さま」

揺月はにっこりと笑った。『お義父さま』か——と、僕は思った。

父さんはすこし気恥ずかしそうに頬《ほお》をかいて、

「わたしのことは、もっと気安く呼んでいただいてかまいません」

「では、お義父さん、と」

父さんは頷《うなず》いた——が、やっぱりまだ気恥ずかしそうだった。揺月と父さんはそれから、軽やかに会話した。色々な音楽や作曲者、ピアニスト、また様々な国の民族音楽についても能弁に語った。割と知識は多いほうだと思っていた僕だが、全くついていけなかった。

「同じエスキモーでも、歌を合わせられる集団とそうでない集団に分かれるらしいですね——」

「ええ、そうらしいですね。クジラを食べるグループと、カリブーを食べるグループで——」

まるで常識のように語るのが恐ろしい。父さんは合間合間に気の利いた冗談を言って、揺月を笑わせた。父さんって、こんなに喋《しゃべ》る人だったっけ？　と思った。メールの殺伐《さつばつ》とした短文のイメージが強かったせいだ。よくよく子供時代を思い出してみると、父さんはあることないことベラベラと喋っていた。

揺月と父さんは短時間のうちに膨大な量の情報をやり取りして、すっかり打ち解けたようだった。そして、午後六時、帰り際になって、言った。

「もしも結婚式を挙げられるのなら、わたしが資金援助できます。全額でも大丈夫です」

「えっ、そんなお金、あるの？」思わず口を挟んだ。

「お金は余ってるよ。稼いでるし、使わないから」

「余ってるんだ……」

結構、衝撃の事実だったが、考えてみれば至極当然のことだった。

ありがとうございます、と揺月《ゆづき》は言った。

「こちらこそありがとうございます、揺月さん。八雲《やくも》と結婚してくれて。本当に嬉《うれ》しいです」

父さんがそう言った瞬間、揺月は顔をふせ、左手で口元を覆った。――目に、涙が光っていた。この瞬間になってようやく、揺月が負い目を感じていたことに気がついた。すぐ死ぬ自分が、結婚するなんて――馬鹿馬鹿《ばかばか》しいと言われても仕方がないと、そう思っていたのだろう。そこに、あんな優しい言葉をかけられて、思わず泣いてしまったのだ。

この瞬間――僕は父さんを赦《ゆる》せた気がした。人間的に何かが足りなくて、母さんを不幸にし、僕をさんざんほっぽっておいた父さんだけれど。なぜだか、赦せた気がした――

父さんが帰ったあと、揺月が言った。

「八雲くんは悪く言っていたけれど、素敵なお父さまだと思ったわ」

僕はしずかに頷《うなず》いて、言った。

「良いところも、悪いところも、両方あるんだ」

揺月はうなずいた。僕はすこし間をおいて、言った。

「つぎは、揺月のご両親に挨拶《あいさつ》しないといけないと思うんだけれど、どうかな？」

以前なら即、拒否したはずだが、揺月は表情を硬くして、迷っていた。

やっぱり、『舟歌』を弾いてから、揺月のなかで何かが変わったのだ。

3

ねえ、やっぱりやめよう――？　と、揺月が言うたび、僕はちゃんと立ち止まった。

「本当にやめるの？」

すると、車椅子《いす》のうえで揺月は雛《ひな》人形みたいにしいんとしてしまって、僕はまた歩きだすのだった。僕らのアパートと揺月の実家は、二十分弱も歩けば着く道のりだ。それなのに、もう二時間近くも近所をさまよっていた。八月初めの、午前であった。日差しは夏特有の透明な輝きを帯びていた。今日は暑くなるだろう、という予感があった。美しい夏の花がひらくニュータウンの街並みのうえに、白い入道雲がかぶさっていた。

「……や、八雲くん、ちょっと遠回りしよう。こっちの道から行こう……」

素直に進路変更した。きっとそれだけ辛《つら》いのだと、ちゃんと想像して。

「そうだ、メロディーはまだいるかな？」

僕は言った。揺月《ゆづき》が好きすぎて会うと嬉《うれ》しさのあまりにおしっこを漏らしてしまっていた、ゴールデンレトリバーのメロディー。

「そういえば。中学まではちょくちょく会いに行ったんだけれど、どうしてるかな？」

僕らはメロディーが飼われていた家へと向かった。

「──あっ、いるいる」僕は遠目から見て、そう言った。しかし、揺月は首を横に振って、

「違うよ、よく似てるけど、あれはメロディーじゃない」

果たして、揺月の言う通りであった。犬はちょっと若すぎたのだ。

『リズム』──と、犬小屋に名前の札がかかげてあった。

「メロディー、死んじゃったのかな……？」

揺月はこちらを振り向いて見上げ、とても悲しそうな顔をした。

「……そうかもしれない。けどリズムって、ひょっとしてメロディーの子供なんじゃない？」

揺月は目を見開いた。

「そうかも！　ほら、リズム、おいで」

リズムは嬉しそうに、しっぽをちぎれるほど振りながら、揺月に飛びかかった。揺月はややびっくりしつつ、笑いながらリズムを撫《な》でた。

「んー、たしかに、メロディーに似てる気がする──」

その時だった。いきなりリズムがじょっじょっんじょじょじょ～とリズミカルにおしっこした。「――わっ！」スカートがびしょ濡《ぬ》れになって、揺月は呆然《ぼうぜん》とした表情で、僕を見た。

ぷっ――と、僕は思わず、ふきだしてしまった。

ぷっ――と、揺月もまた、ふきだした。

僕らはお腹をかかえて笑った。僕は笑いながら言った。

「間違いない、メロディーの子供だよ！」

「あはははは、間違いないね！　あはは、苦しい、あはははは――！」

揺月はまなじりに涙を光らせて、リズムをぎゅっと抱きしめた。

4

とつぜん訪れた僕らを見て、蘭子《らんこ》さんと宗助《そうすけ》さんは呆然とした。揺月は車椅子《いす》になっているし、何やらかっこいい銀色の腕もついているし、犬のおしっこまみれだし、さもありなん。

ふたりとも、感激するというよりは、悲しくて立ち竦《すく》む、といった風情だった。

揺月がシャワーを浴びているあいだ、僕はリビングで蘭子さんたちとお茶を飲んだ。

おとぎ話の住人たちは、歳をとらない。子供の頃に見た、グリム童話をモチーフにした家具や飾りが、変わらぬ姿でそこにあった。一方、蘭子さんや宗助さんは明確に老いていた。顔には皺《しわ》が増えているし、覇気《はき》みたいなものが減じて雰囲気が丸くなっている。昨年、病院で出会ったときは、緊急事態だったこともあって気がつかなかったのかもしれない、と思った。

――いや、きっと、揺月《ゆづき》の死が近いことが、彼らを急速に老いさせたのだろう。死にゆく娘に会えもせず、心配するばかりの夜に磨耗していったという雰囲気がある。

夫婦揃《そろ》って眉尻《まゆじり》が下がって、何か困惑しているような、物悲しい顔になっていた。

「揺月は、蘭子《らんこ》さんと宗助《そうすけ》さんに、会いたくないと言いまして――」

僕はこれまでの経緯をとつとつと語った。ふたりはうんうんと悲しそうな顔で聞いた。

「八雲《やくも》く-ん、また手伝ってー！」

揺月の声が聞こえると、僕はお風呂《ふろ》場へ行って、揺月が服を着たりするのを手伝った。

「うわっ、ウエストがばがば。お母さん、太ったなあ……」

揺月は蘭子さんの服を着て、そんなことを言った。

僕は彼女を車椅子《いす》に乗せ、リビングへと押していった。テーブルを挟んで、両親の前に停《と》めた。そして、僕も椅子に座った。ようやく、四者面談の開始である。

「わたし、この人と結婚します。それだけ。……それでは、さよなら」

あっという間に終了させて車椅子を反転させようとする揺月を慌てて止めた。

「待って待って、揺月――もっと話さなきゃいけないこと、あるでしょ」

車椅子を押さえられて、観念した様子だった。うつむいて、しばらく黙っていた。

「わたし――」揺月はうつむいたまま言った。「まだ、ふたりのこと、赦《ゆる》してないから」

冷たい声であった。蘭子さんと宗助さんは被告のごとくうなだれていた。

そこからは、裁判であった。揺月が思いの丈で、両親の罪状を責めた。

「お母さん――自分が二流ピアニストで終わったからって、代わりにわたしを一流にしようとして、無理やり練習させて、暴力まで振るったの、本当に最低だと思う。自分のエゴや劣等感を、ひとに押しつけないで。誰かを自分の欲望のための生贄《いけにえ》にしないで。お母さんのせいで、大好きなピアノが嫌いになりかけた。お母さんが嫌《いや》で、醜く思えてたまらなかった。自分の半分がお母さんだと思うと怖気《おぞけ》立って、血を半分捨ててしまいたかった……」

「お父さん――自分が二流ピアニストにもなれなかったからって、お母さんに劣等感を抱いて、わたしに暴力を振るうの止めてくれなかったの、悲しかった。いつも見て見ぬフリで、トントンって階段をのぼって逃げていっちゃう音が、悲しくてたまらなかった。その代わりに罰金払うみたいにお小遣いをぽんぽんくれて埋め合わせしようとするの、嫌だった。そんなの自己満足だし、そんなので救われないし、かえって悲しみに値段をつけられてるようで、本当に嫌だった。自分の半分がお父さんだと思うと情けなくて、もう半分の血も捨てたかった……」

揺月は途中からはもう、泣きながら訴えていた。

号泣したのは、宗助さんだった。蘭子さんは唇《くちびる》を噛《か》んで、真っ青な顔をしていた。

揺月はそんなに苦しんでいたのか――と、僕は改めて驚いた。

自分に流れる血が嫌だ——その苦しみは、僕が子供の頃に抱いていた苦しみと正反対であるような気がした。僕は自分に血が流れていないような気がしていたのだ。

僕の半分は塩で、もう半分は影だった。

それは存在の苦しみというよりは、哀しみであるような気がした。

「ふたりはわたしの親なのに——」揺月《ゆづき》は泣きながら言った。「お父さんと、お母さんなのに、どうして嫌いにさせるようなことしたの——！」

アガートラムの指の隙間《すきま》から、涙がテーブルのうえにポタポタと滴《したた》り落ちた。

そのとき——必死に耐えていた蘭子《らんこ》さんの無表情が、一挙に崩れた。

「ごめんなさい」彼女は鼻水まで垂らしながら泣いた。「わたしが、悪かったわ……」

そして最後には、テーブルのうえに、三人のなかで一番大きい水たまりを作った。

5

結婚式の準備は、すべてが急ピッチで進められた。

ブライダル会社の人は、揺月の病気に同情してくれて、最短で三週間で準備ができると言って色々と手を尽くしてくれた。中学時代までの同級生に招待状を出した。

そして、8月25日に、僕らは結婚式をあげた。

ショパンの『ノクターン 第2番』の音楽にあわせ、揺月が入場した――

車椅子《いす》を押したのは、宗助《そうすけ》さんだった。ウェディングドレス姿の揺月は、言葉にできないくらい、綺麗《きれい》だった。美しく化粧をして、あたまにティアラとヴェール、耳にはイヤリング、首には真珠《しんじゅ》のネックレスがつややかに光っていた。アガートラムはぴかぴかに磨かれて、誇らしげに輝いている。車椅子も白いリボンでおめかしされて、細やかな愛情が感じられた。

聖歌斉唱、聖書朗読、祈祷《きとう》、結婚の誓いをした。そして、指輪の交換――。小さいほうが僕の指輪で、大きいほうが揺月の指輪だった。僕は銀の腕をとり、金の指輪をはめた。もはやアガートラムはただの機械ではなく、揺月の大切な一部となっていた。

僕は揺月のヴェールをあげ、キスをした。

――披露宴となった。続々と昔の仲間が顔を見せた。

「やっちゃん、揺月さん、結婚おめでとう――！」

その懐かしい顔を見て、僕はすこし泣きそうになった。

「ありがとう、清水《しみず》――！」

彼は見慣れないスーツ姿の上に、親しんだあの顔がちょこんとのっていた。横幅がとんでもなく増したせいで、相対的に小顔に見えたのだ。なんだか玩具《おもちゃ》の『黒ひげ危機一髪』のような、愉快な体型だった。その巨体のうしろから、ちっちゃな小林暦《こばやしこよみ》がぴょこんと現れた。

「揺月、結婚おめでとう！」

ありがとう、と揺月《ゆづき》は言って、両手を差し出した。小林《こばやし》は握手しながら、目を丸くした。

「うわ～っ、これ、義手？　すごい、きれい、ハイテク～！」

揺月は指をくねくねさせながら、

「うふふ、そうでしょ。ビームも出るんだよ」

「え～っ！　ビーム出るの～っ！」

ビームは出ない。

すると相田《あいだ》がどこからともなく現れた。相田はチャラつくのをやめたらしく、短髪の爽《さわ》やかない い男になっていた。それが、揺月を見るなり、青臭い洟《はな》たれ小僧の顔に戻って、僕の手を痛いほど握って、涙ながらに、

「けっごん、おめでとう！」

本当に揺月のこと好きだったんだな……と、ちょっとしんみりもしたのだけれど、よく考えたら普通に彼女を作って人生をエンジョイしていた相田だった。しんみりして損した。

「揺月～！　結婚おめでとう～！」

女子連中が揺月を取り囲んだ。――と、それを見て、僕はすこしドキッとした。昔、揺月のことをいじめていた連中だったのである。そわそわしながら様子を見ていたのだけれど、どうやら杞憂《きゆう》だったらしい。揺月も彼女たちも、本当に楽しそうに喋《しゃべ》っていた。

いつの間にか、揺月は自分をいじめた相手とも、すっかり仲良しになっていたのだ。

揺月は凄《すご》いな――と、改めて思った。

巨大なウェディングケーキがやってきた。

揺月とケーキ入刀しながら、あれっ、と思った。

僕ら、めちゃくちゃ『物語化』されていっているな。

あれだけ『物語化』や『消費』されることを拒んでいた揺月だけれど、死を目前にして結局、ものすごい勢いで人生を物語化して伏線回収もバンバンしてまとめあげようとしている。

そのことに、揺月自身は気がついているのだろうか？

揺月のことだから、きっとわかっている。わかったうえでやっている。

それは、なぜなのだろう――？

そんなことを思ったけれど、結局、賑《にぎ》やかな披露宴が楽しくて、忘れてしまった。

ふと、父さんと目が合った。彼はやっぱり影のように、式場の端にひっそりといた。彼はいつもこんな風に、僕のそばにいてくれたのかもしれない。

そう思うと、胸にわきあがる感情は、愛情と呼べないこともない。

6

その夜――僕らは自宅のソファーに並んで座って、一緒にココアを飲んだ。

まだ披露宴のアルコールがのこっていて、なんだかふわふわした気分だった。

「新婚旅行は行かなくてもいいかな――」揺月《ゆづき》は僕にもたれかかって、言った。「ワルシャワに行ったのが、新婚旅行だったたって感じがする。順序が逆だけれどね」

「たしかに、僕もそんな感じがする。順序が逆だけれどね」

「順序なんかどうでもいいんだよ」

揺月はそう言うと、突然、ふふふと笑った。

「わたしたち、本当に結婚したんだね。ねえねえ、八雲《やくも》くんはアナタとか呼ばれたい？」

「え？　考えたこともなかったな……」

「そうなの？　ア・ナ・タ――」

「……なかなか悪くないね。恥ずかしいけど」

「わたしもちょっと恥ずかしかった」

僕らは笑った。

「そろそろ寝よっか――」

僕らは洗面所で歯磨きをした。寝支度を手伝い、車椅子《いす》を揺月の寝室まで押していく。そして、彼女をお姫さま抱っこして、ベッドに横たえた。布団をかけてあげ、

「これでよし。じゃあ、おやすみ――」

「ちょっと待って」

立ち去ろうとした僕の裾《すそ》を、揺月が掴《つか》んだ。彼女は眉《まゆ》をしかめて、

「えっ――ちょっと……ほんとに？」

「えっ――何が？」

「何がって――わたしたち、結婚したんだよ？」

揺月の顔が赤い。――すこし考えて、あっ、と思い、僕も頬《ほお》が熱くなった。

それから、僕らは同じベッドで眠った。

揺月の白いからだはとてもきれいで、塩の結晶にくだけてしまいそうで、怖かった――


真夜中――悲しい夢を見て、目を覚ますと、揺月が泣いていた。

僕に白い背中を向けて、しくしくと泣いていた。

「……揺月？　なんで泣いてるの――？」

ぴくり、と揺月の肩がゆれた。しかし、彼女はそれでも泣き続けて、

「……昔のこと……思い出しちゃって……」

揺月の腰骨のあたりを、右手で慰めるようになでた。揺月はひやりと冷たいアガートラムで僕の左手をとり、腕枕《まくら》のようにして、胸のなかに抱きしめた。

「八雲くん、あのとき、どうして来てくれなかったの……？」

「あのとき……？」

「小学三年生のとき、ふたりで『家出』しようって言ったとき……」

あっと思った。一挙に、記憶が蘇《よみがえ》った。旅支度までしたのに、結局行かなかった、あの日――。

バクバクと心臓が鳴った。揺月《ゆづき》の心臓は悲しげにトクトクと鳴っていた。

あのとき――僕はなぜ行かなかったんだろう、と思った。明確な理由などなかった気がした。ただただ、ぼんやりとした不安があって、それに押しつぶされただけだ――

「ねえ、どうして来てくれなかったの……？　わたし、アンパンマンと百五十万かかえて、ずっと待ってたんだよ……。夜になって、あたりは真っ暗で、雪が降ってきて……。寒くて、怖くて、寂しくて……それでも、ひとりぼっちで、ずっと待ってたんだよ……」

揺月のからだは震えていた。あのときも同じように震えていたのだろうと思うと、罪悪感で心臓が圧し潰《つぶ》されるようだった。

「……ごめん」それだけしか、言えなかった。

「本当に来てほしかった……。心が死んでしまいそうだった……。あの日のことを、未《いま》だに夢に見るの……。そうすると、いつもさみしくてさみしくて、怖くて怖くてたまらなくなって、飛び起きて、泣いちゃうの……。こんな気持ちわかる、八雲《やくも》くん……？」

僕は泣き続ける揺月の背中を抱きしめた。

できることなら、あのときにタイムスリップして、揺月を助けに行きたいと思った。

7

ある夜、へんてこな夢を見た。

カーテンを閉め切った真っ暗な部屋のなかで、テレビを見ている。どうやらハンディカメラで撮った映像らしく、手ブレがひどい。画面には清水《しみず》が映っている。結婚式のときのスーツ姿で、うわっはっはと笑う。すると次は相田《あいだ》が映り、これまた結婚式のときの姿で、耳の穴に親指を突っ込んで手のひらをピラピラやりながら『吹き戻し』をピューピロピロ。次は揺月のマネージャーだった北条《ほうじょう》崇《たかし》が現れて、クレイジーな笑顔でカメラをカシャカシャやってフラッシュが眩《まぶ》しい。

――そのあと、どうなったか憶《おぼ》えていない。

目が覚めるとやたら爽《さわ》やかな気持ちで、しかも涙まで流れていた。

あの冒頭からどうなるとそうなるのか、まるで想像がつかなかった。

そんな、へんてこな夢。

――それから三日後、揺月は腕が急速に崩れ、アガートラムを失った。

肌寒い九月の半ばのことだった。

揺月は、ホスピスに入った。

8

病室は、花でいっぱいだった。僕がやたらと持っていったせいだった。

「また買ってきたの？　もう、しょうがないな……」

揺月《ゆづき》は困ったように笑って、僕の奇行を赦《ゆる》してくれた。

塩化病は急速に進みつつあった。腕は下腕の半分、脚はふとももの三分の一までが、もう、塩になって崩れ落ちていた。腕と脚が失われた空白に、僕はまたあの特殊な幻肢痛《げんしつう》を覚えた。それがあまりにも痛くて、辛《つら》くて、子供のころ母さんのために花をつんだように、揺月のために花束を買い集めたのだ。揺月はそれをわかってくれていた。

揺月が夜にひとりでいると怖いと言うので、彼女が眠るまで、毎晩ずっとそばにいた。手を握ってあげたかったが、揺月にはもうそれがない。だから、まるで子供を寝かしつけるように、頭を撫《な》でたり、お腹のあたりをポン、ポン、と一定のリズムで優しくたたいた。

揺月が眠ってしまうと、病室は深い海の底のようだった。カーテンを開けると、月明かりが差し込み、多すぎる花瓶の花たちをしずかな炎のようにひからせた。

花たちが揺月を守り、温めてくれることを祈り、僕は泊まりの別室へ行く。

9

十月に入ると、揺月が痛みで苦しみだした。

幻肢痛に加え、内臓の塩化が始まって、激痛を生み始めたのである。

その頃には、揺月の意思で、面会時間がかなり制限されていた。僕が会っていない時間は、蘭子《らんこ》さんがずっと付きっ切りで看病していた。

一度、面会時間よりすこしだけ早く病室へ行ってしまったことがあった。

揺月が、叫んでいた。すさまじい叫び声だった。

「――痛い！　痛い！　痛い！　お母さん、助けて、痛い！」

僕は扉の前で立ち尽くしてしまった。揺月がそんな叫びをあげるところを、聞いたことがなかったのだ。僕は引き返し、またあとで、時間通り、病室へ行った。

揺月は、秋のやわらかな日差しのなかに、美しく座っていた。うっすらと化粧すらほどこして。まるで、さっきの叫び声は、僕が見た悪い夢だったとでもいうように。

――蘭子さんは会うたびにやつれていった。

目のしたに隈《くま》ができ、肌は荒れ、ほうれい線が深くなり、白髪が目立つようになった。

ホスピスの休憩室で一緒にコーヒーを飲んでいるとき、彼女は言った。

「揺月は、八雲《やくも》くんに醜いところを見せたくないのよ。だから、醜いところは全部、わたしの担当。……きっとこれは、揺月の復讐《ふくしゅう》なのね」

僕は薬指の結婚指輪にふれながら、そうかもしれない、と思った。

揺月《ゆづき》は死んでゆく自分の苦しみを蘭子《らんこ》さんに見せつけることで、復讐《ふくしゅう》を果たそうとしているのだ。——けれどそれは、赦《ゆる》すための復讐だ。裁判所が刑を科してやがて罪人を赦すように、揺月も蘭子さんを赦そうとしているのだ。苦痛と憎しみをぶつけて、ぶつけて、どろどろになって、醜い暗闇《くらやみ》の奥底から純粋な赦しを取り出そうとしているのだ。

だから——

「それは、揺月の愛情ですよ。彼女は家族に無関心になれるほど、薄情ではなかったということです。揺月はずっと、あなたに愛されたかったんだ——」

「……そうね。自分よりも賢くて立派な娘に、母親はどう接すればいいのかしら……」

「簡単なことですよ——」僕は即答した。「痛いところを、なでてあげてください」

蘭子さんは目を赤くして頷《うなず》き、コーヒーの紙コップを捨て、揺月のところへ行った。

僕は心のなかに、二重窓を思い浮かべた。

ピアノを弾く揺月のあたまを、蘭子さんがなでているところを——

10

10月17日——ショパンの命日が、また巡ってきた。

摇月は視力が落ち、聴力も落ちて、朝日のなか、どこかぼんやりと、半分かみさまのようだった。いままでぎっしり詰まっていた揺月は、ひび割れの隙間《すきま》からすうっと抜けていって、そうしてできた隙間にかみさまや花の精が入っているような儚《はかな》さだった。

揺月はぼんやりとした目で僕を見て、言った。

「――わたしね、このところずっと、自分の死に場所を考えていた」

息が止まるような思いだった。

「死ぬのはとても、悲しいことだから……いちばん愛《いと》しい場所で、死にたいなって」

「……うん」

「一生懸命考えたらね――わたしは、秘密基地が、いちばん好きみたい。あの古ぼけたバスのなかで、あなたといた時間が、とっても愛しいの――」

とても不幸でとても幸せだった子供時代を思い出し、僕は思わず涙ぐんだ。

揺月は、言った。

「……連れていって。今日がわたしの、最後の日だから」

11

揺月をおんぶして、ホスピスを出た。

おだやかな、秋晴れの日だった。黄色く染まったイチョウの並木道を、ゆっくりと歩いた。ゆるやかな風は、枯葉のやすらかな香りを含んでいた。揺月《ゆづき》のからだは、とても軽かった。脚と腕の大部分がなくなってしまっているのだから、それも当然だった。首飾りにした結婚指輪が、僕の背骨のあたりに、固かった。揺月はまだやわらかくて温かいのに、もうすぐ死んでしまうということが信じられなかった。風がふっと止まると、ふわりとフリージアの香りがした。最後の最後まで、揺月は綺麗《きれい》でいてくれようとしていたのだ。

すう、すう、と寝息のような穏やかな息が、首筋にかかる。ぽかぽかと暖かい日だから、揺月は眠りに落ちてしまったのかもしれない、と何度も思った。

歩くと、さく、さく、と音がした。揺月のからだのなかで、塩がこすれている音だった。それがなんだか雪をふむ音のようで——まぼろしの冬の寒さに、思わずふるえた。

「遠回りしていこう——」

廃バスに着いたら揺月が死んでしまうようで、僕は何度も何度も道を折れた。

揺月は何も言わなかった。遠回りするたびに出会う、ふたりで住んだアパートや、実家や、ゴールデンレトリバーのリズム、小学校、よく遊んだ公園、故郷の風景を、ガラス玉のように澄んだ瞳《ひとみ》で、愛《いと》おしげに眺めただけだった。

ありがとう、さよなら——。そんな言葉を、心のなかできっと、何度も繰り返しながら。

12

壊れたバスは、十一年を経ても、同じ場所にあった。

あの懐かしい、可愛《かわい》らしい顔を、枯れ草のなかにうずめて。

もとから年寄りのバスだ。十一年が経ったからといって、劇的に様子が変わることはなかった。とても古い物の時間は、とてもゆっくりと流れるのだ。マチュ・ピチュだとか、モナ・リザだとか、パルテノン神殿だとかと同じように。

バスのなかに入ると、そのゆっくりした時間のなかに入り込んだような気がした。

窓から、暖かい陽《ひ》のひかりが差し込んでいた。宙を舞うほこりが、きらきらと輝いている。長椅子《いす》にはまだカバーが敷かれ、クッションもあった。漫画本も紙袋に入ったまま残っていた。

遠い昔の思い出が、あざやかに蘇《よみがえ》った。小学三年生の僕と揺月が、長椅子のうえに寝っ転がって、楽しそうに遊んでいる光景が、実際に目に見えたような気さえした。

僕らは、大きくなった体で、記憶のなかよりもちいさく感じられる長椅子に腰掛けた。

揺月は力を失っていて、もうまっすぐに座ることさえできなかった。僕にもたれかかって、すう、すう、としずかに息をした。僕はその腰をそっと抱いた。

「……懐かしいね」

「懐かしいね」

僕らはぽつぽつと、思い出話をした。出会ったときから、すこしずつ、人生をたどるように。思い出が現在に追いついてしまうと、もう一度、最初に戻った。時間のなかをくるくると回る僕らだった。そうしているうちに、いつの間にか長い長い時間が経って、僕らは年寄りになった気がした。僕も揺月《ゆづき》も、しわくちゃの年寄りになってしまった。ずっと夢中になって喋《しゃべ》っていたものだから、仲良く同じ角度で腰が曲がってしまった年寄りに――

もちろんそんなのはただの錯覚で、時間は刻一刻と過ぎてゆく。

「もう、目が、視《み》えなくなりそう。八雲《やくも》くん、最後に顔、もう一回、視せて――」

僕は揺月と向き合った。窓から差し込むひかりはもう、夕暮れの色に変わっていた。戸惑うようにゆらゆらと揺れる瞳《ひとみ》が、赤いひかりをきらきらとはじいた。

「視える……?」

「視えるよ……。わたし、八雲くんの顔、好き……」

揺月の右腕が持ち上がった。存在しない手で、僕の頬《ほお》にふれようとしたのだとわかった。

「あっ――」

と、揺月はかなしい声をあげた。もう、見えなくなってしまったのだとわかった。瞳をさまよわせ、瞬きを繰り返している。

「一足先に、夜になっちゃった……」

揺月は目を閉じて、右のまぶたを、僕の鼻にこすりつけた。

「よかった……八雲くんの顔、ちゃんと思い描ける……」

そしてしずかに、夜になった。真っ暗になり、かすかな月明かりが窓から差し込んだ。揺月の白いすがたは、おぼろげにひかっているように見えた。

「不思議だね……」と、揺月は溜息《ためいき》をつくような声で言った。「色々あったのに……もう、いまは全部……しみじみと、懐かしい……まるで……赤ちゃんに……戻っちゃったみたい……。人間は……生まれたところに……帰るのかな……？」

まるで、息を吐くたび、命が口から抜け出ていってしまっているようだった。

もう、揺月は死んでしまう――。急に、夜空のすべてがのしかかってくるように感じた。

僕は、揺月なしでは生きられない――

ようやくそのことに気がついたのだった。

「八雲くん……わたしがいなくても……平気……？」揺月は本当に心配そうに訊《き》く。「ひとりで生きられる……？　お腹がすいて……泣いたりしない……？」

ぽろぽろと、涙がこぼれた。けれど、嗚咽《おえつ》を漏らさないように、体が震えないように、なんとかこらえた。揺月を安心して、旅立たせてあげたい――。そんな思いから、僕は泣いているのを隠したのだ。幸い、揺月はもう、僕の涙が見えない。

「大丈夫だよ、心配しないで」

揺月はふっと微笑《ほほえ》んだ。

「……よかった……」

僕は揺月《ゆづき》のからだをなでた。

「大丈夫？　痛いところ、ない？」

「大丈夫……大丈夫……」

「八雲《やくも》くん……」

「なに、揺月……？」

「八雲くん……？　八雲くん……？」

あっ——と思った。揺月は、耳が聞こえなくなってしまったのだ。

揺月は、泣きだした。

「耳が……うう……耳だけは……耳だけは……嫌《いや》だよう……！　もう……音楽が……聴けなくなっちゃったよう……！」

タンポポの綿毛に怯《おび》えた揺月のすがたが、脳裏を過《よ》ぎった。

死ぬよりも辛《つら》いことが、この世にはあるのだと、ようやくわかった。

僕は泣きながら揺月のからだを抱きしめた。揺月はぶるぶると震えていた。その震えが伝わって、僕までも凍えてしまいそうだった。

「怖いよう……八雲くん……怖いよう……死にたくない……死にたくないよう……！」

揺月の震える肩を、一生懸命にこすった。ぽろぽろと塩のかけらが落ちた。

揺月は泣き続けている。

「八雲くん……どうして……来てくれなかったの……！　ずっと……ずっと……ずうっと待ってたのに……どうして……どうして……！」

『家出』のときのことだとわかった。あの日の夜が、ずっとずっと揺月の心の底に残ってしまっているのだ。あの日の夜のさみしさが、ずっとずっと揺月は怖かったのだ。

「ごめん……揺月……ごめん……！」

バスのなか、ひとりきりで泣いているちいさな揺月が、僕には見えた。

さみしい白い影のような少女を、時を超えて助けに行きたかった。

どうにかしてそのおそろしい夜のなかに入りこんで、彼女を救いたかった。

僕は泣きながら、祈った。かみさま、いるのならどうか助けてください。憐《あわ》れみをください。

このいちばん恐ろしい夜から、揺月をお救いください――

そのとき、ひとつだけ、思いついた。

揺月、聴いてほしい、どうか、聴いて……。

僕は揺月の肩を、左手の指で、リズミカルに叩《たた》いた。

ひたすら、叩き続けた……。

「あっ――」揺月は泣きやんで、呟《つぶや》いた。「『舟歌』――！」

ヴェネツィアの水路を揺れる舟――それを表現する伴奏を、左手で揺月に伝えたのだ。

僕は記憶の限り、同じことを続けた。

ノクターン、エチュード、ポロネーズ、マズルカ、ソナタ、バラード、スケルツォ……。

こんなにも憶《おぼ》えていることに、自分で驚いた。僕はずっと、揺月《ゆづき》の演奏を見てきたのだ。いちばん辛《つら》いときに救ってくれたのはいつも、揺月の演奏だった。暗闇《くらやみ》に差しこんだ光が一瞬にして目に焼きついてしまうように、揺月の演奏は僕の心に鮮明に焼きついていたのだ。

「八雲《やくも》くん……聴こえる……聴こえるよ……わたしの演奏が聴こえる……！　それだけじゃない……今までに聴いた……すべての音楽が……聴こえる……いろんな人が……愛をこめて……作って……奏でた……音楽が……暗闇がいまは……とっても明るい……！」

「揺月……」

「音楽が……助けにきてくれた……！　ちゃんと……愛したものは……最後には……ちゃんと助けに……来てくれるんだね……」

「揺月――」僕はもう、強がることができなかった。「僕を置いていかないで……」

「やくもくん……バイバイ……愛してる……」

「揺月」

「かぜ……ひか……ないで……」

そうして、揺月は息をひきとった。

揺月の鼓動が消えてしまった暗闇のなかで、僕はひとり泣いた。

揺月のからだが塩になって崩れてゆく音がした。
僕はおそろしくて、目を閉じ、耳も塞《ふさ》いで、子供のように泣き続けた。

九章
Chapter. 9

1

塩になった母さんを入れた花瓶に、今度は揺月《ゆづき》が入った。

蘭子《らんこ》さんと宗助《そうすけ》さんはそれを前に泣いた。蘭子さんはすっかりやつれ果てた顔で、ハンカチを口に押し当てて、大粒の涙を流していた。

「ううう……ごめんね、揺月……ごめんね……」

繰り返し謝っていた。それを見ても、なんの感情もわかなかった。もはや涙も枯れ果てていた。

「揺月からの伝言です。――揺月は、おふたりを赦《ゆる》すと。愛していると言っていました」

そう伝えると、蘭子さんは床に崩れ落ちて泣いた。

――葬儀を手配してくれたのは、父さんだったらしい。

僕も蘭子さんも宗助さんも、悲しみが大きすぎて動けなかったのだ。

同級生や友人がみんな来たらしいけれど、全く憶《おぼ》えていない。僕は空っぽで、かろうじて残っていた何かのシステムが体だけ半自動的にうごかしていた。

気がついたら、揺月の塩が入った花瓶を抱《かか》えて、廃バスのなかにいた。

真夜中だった。冬の月が、バスのなかを寒々しく照らしていた。

記憶が飛んでいた。あごを撫《な》でると、ひげが伸びていた。

しばらく、ぼうっと座っていた。まるで心に薄く灰色の雲がかかったようだった。何も考えられないし、何も感じない――すこしずつ火山灰に埋もれてゆく旧《ふる》い街のような、悲しい安らかさだ。――と、すこしでも揺月の死を思うと、たちまち曇天は暗黒になり、雷鳴轟《とどろ》き、海は唸《うな》りをあげて火山灰の街を呑《の》み込んでしまう。揺月を失った空白が、激烈な痛みとなって襲う。その苦しみに耐えられなくて、僕は心をはたらかせるのをやめてしまう。

生きる苦痛から逃れ、死のやすらかさに救いを求めたのだ。

僕はできの悪い人形みたいにぼうっとして、ときどき水道管が水漏れするみたいに、涙をこぼした。ふと、横を見ると、そこに揺月はいない――

月のひかりに、きらきらと、拾い損ねた塩がひかっていた。

僕は一時間にひと粒ほどのペースで、その結晶を拾った。

それが僕の生きるリズムのすべてになった。

朝になるとアパートに帰り、何かを適当に食べ眠り、夜になるとはっと目を覚ます。暗闇《くらやみ》がおそろしくて、居ても立ってもいられなくなる。揺月の花瓶をだきしめて古ぼけたバスまで逃げていき、ようやくそこでほっと息をつき、ぼうっとする。

そこは終わった世界だ。母さんの死んだ日、巨大な爆弾が落ちた安達太良《あだたら》山の向こう側。震災の日、冷たい雪が降った灰色の世界。

そこで何をすればいいのか。

何もかも虚《むな》しくて悲しいのに、どう生きればいいのか。

……僕は何もわからずに、一時間にひと粒、ただ塩を拾った。

塩の結晶を花瓶のなかに落とすとき、かすかにかすかに、音が鳴る。遥《はる》か遠くでちいさな鈴が鳴るような音だ。僕はその音を出すための、砂時計のような、がらくたのような楽器だった。

ときどき、バスのなかで眠ってしまうことがあった。必ず、揺月《ゆづき》の夢を見た。幸せな夢だ。暖かい陽《ひ》の差しこむバスのなかで、お茶を飲んだり、漫画を読んだり、まどろむような穏やかな時間を過ごしている。キスしようと言うと、顔を赤くして首を横に振り、バーチョと言うとむずかしい顔をして、ちゅーと言うと喜んでしてくれる。そんな、恥ずかしいほど幸せな夢だ。

目を覚ますと、世界のどこにも揺月がいないことを思い出して、途方に暮れる。置き去りにされた悲しさとさみしさで、泣いてしまう。

それでも僕は、幸せな夢を見るためだけに、バスのなかで眠るようになった。

あとでどんな苦しい思いをすることになったとしても、何度でも揺月に会いたかった。

2

乱暴な音で目を覚ました。

醒《さ》めきらないぐちゃぐちゃの頭を起こすと、ぽかんとしている人と目が合った。青い作業着すがたで、手ぬぐいを首に巻いている、泥棒みたいなひげの男性だ。

「うわっ――」彼は驚きの声をあげると、振り向いて叫んだ。「浮浪者いるよー！」

何が起きたかわからずぼんやりしていると、彼は作業ブーツでずかずかと踏み込んできて、

「ありゃ、若いなあ……。ダメだべ、こんなとこに勝手に寝ちゃー！　ほら、出て、出て！」

僕はさっさとバスから追い出された。外には他に数人の作業者がいた。錆《さ》びた門が開け放たれ、砂利の広場に大型の運搬車とラフタークレーン車が停《と》まっていた。運搬車のドアのところに、『OMOYA建設』という社名が塗《つ》装してあった。

ラフタークレーン車とは重たい物を吊り上げる重機だが、僕はそんなこと露ほども知らず、やや離れたところから男たちの作業を呆然《ぼうぜん》と眺めていた。

泥棒みたいなひげの男性がこちらへ来て、シッシッと手を振り、

「ほら、危ねぇーから、離れて、離れて――！」

言われるまま退《さ》がる――と、クレーン車が低く唸《うな》った。ミシミシミシッとひしゃげるような音を立て、バスがわずかに持ち上がる――。ここに来てようやく、僕は自我を取り戻した。例えようもなく不安な、焦った気持ちになって、泥棒ひげの男性に訊《き》いた。声は震えていた。

「――あっ、あの、バッ、バス、どうするんですか！」

「見りゃわかんべー！　持ってくんだよー！」

「どっ、どこに？　どうするんですか？」

「市内で他の業者さ引き渡すんだよー。どうすっかはわかんねえな。壊すんでねえの？」

壊す……？　揺月《ゆづき》との思い出が染みついたあのバスを、壊してしまう……？

想像するだけで、涙があふれて止まらなくなった。

「そんなっ……！　や、やめてくださいっ……！　壊さないで……！」

男性はいきなり泣きだした僕にやや怯《おび》えつつ、眉《まゆ》をしかめて、

「気持ちはわかっけどよー、もともと不法侵入だべよー！」

彼は僕を浮浪者だと思っているのだ。

「そうじゃなくて……そうじゃないんです……お願いです……！」

あれだけの長い物語と、複雑な気持ちを、どうやって伝えればいいのだろう？

思わずすがりつくと、男性はうわっと声をあげて、腕を振り払った。そして怒鳴った。

「だからできねえ相談だっつってんべえ！　そりゃ若いときはおれも色々あったから気持ちはわがんよ、だから働かねえのは勝手だけど、人様の仕事の邪魔しちゃなんねえべ！」

バスは宙に浮きあがった。影はバスから引き剥がされて、遠くに落ちた。

「お願いです……持っていかないで……持っていかないで……」

頭のはたらきが鈍っていて、幼い子供のように、泣きながら繰り返すことしかできなかった。

運搬車はバスを乗せ、行ってしまった。

バスがなくなったあとにぽっかりと残った空白が、痛くてたまらなかった。

3

僕は引きこもりになった。世の中のすべてが辛《つら》くてたまらなかった。

ネットも見なかったし、テレビも見なかった。スマホの電源を切ってしまい、ドアチャイムも取り外して来客お断り、ドアポストには『引っ越しました』というテープを貼《は》った。保存食を山ほど買い込んで、カーテンを閉め切った暗い部屋にずっと閉じこもった。

季節もなければ朝も昼もない、伸びきった常温の時間だった。

ずっとベッドに寝っ転がって、食事は三日に一度くらいしか食べない。喉《のど》はやたらと渇くので、水道水を吐くほど飲んだ。渇いていなくても渇いているような気がしてしまうのだ。

枕《まくら》元には、秘密基地の廃バスの絵が何枚も鋲《びょう》で留めてあった。すこしでも揺月の夢が見られるように。ただ、次の夢を見るために目を覚ます毎日だった。

カーテンを開けるたびに、季節が変わっていた。まるで鮮やかな手品のように、春夏秋冬の景色が窓枠のなかで入れ替わった。僕はそれを無感動で見た。マジシャンが素晴らしい手さばきで宙に花束を咲かせても、一定のリズムでしけたポップコーンをほおばることしか頭にない観客のように。いや、むしろ観客は季節の側だったのかもしれない。パッとカーテンが開いたとき、パチン、そこに僕はいない。消失マジック。

すべてが僕の前を、あるいは僕のなかを素通りしていった。

まるでからだのどこかに致命的な穴でもぽっかりあいているみたいに。何を見ても、食べても、考えても、その穴から抜け落ちてしまって、僕はしぼんでいく一方なのだ。

僕は寝るとき、右を向く。すると部屋の角が見える。部屋は密閉されているはずなのに、隅にすこしずつほこりや細かい砂が溜《た》まってゆく。

ちいさな砂漠だと、僕は思った。砂漠はそうやって部屋の隅で生まれ、誰も見ていないときに広がり、やがて全体を覆い尽くし、呑《の》み込んでしまうのだ。そうして窓のない部屋は、すっかりと、月のない砂漠になってしまう。

僕はあらゆる方角を見失った遭難者だった。夜空の星もなく、ターバンを巻いた砂漠の民も通りかからず、ラクダのフンすら見当たらない。ただゆっくりと乾涸《ひから》びてゆくのを待つだけだ。

カーテンを開けるのと同じくらいの頻度で、マックブックを開いた。

そのたび、古田《ふるた》から一通ずつメールが来ていた。

『お元気ですか?』

『小説書いてますか?』

『八雲《やくも》くんの新作が読みたいな〜』

『小説書いてないんですか？』

『ひょっとして小説書くのやめちゃった？』

『小説書くのやめちゃダメーっ！　ダメダメダメぇ～っ！』

『きみにはねえ、才能があるの！　小説書いて!!　僕のために！！！』

無関心なんだか愛情があるんだか単に自分勝手なんだかよくわからない男だ。

4

気がつくと、二年が過ぎていた。ぞっとするほど時間の流れが早かった。

僕は無駄に歳をとって、積み重ねたものは何もなかった。たくさんのゴミ以外には。

スマートフォンの電源を二年ぶりに入れた。たくさんの連絡が来ていた。電話の履歴はほとんどが1対9の割合で古田と清水《しみず》だった。メッセージを見ると、清水にだいぶ心配をかけていたことがわかった。毎日のように『元気？』とか『大丈夫？』とか短文を送ってくれていた。

二年間も届かない手紙を書き続けるというのは、どんな気持ちがするものなのだろう……。

ひとつのメッセージが目に留まった。

『小林暦《こばやしこよみ》さんと結婚するよ！』

日付は一年前だった。結婚式に来てほしいと何度もメッセージをくれているのに、僕はそれを見もしなかったのだ。四ヶ月前に、結婚式は終わっていた。

――と、そのときいきなり、電話が鳴った。

清水《しみず》からだった。メッセージに既読がついたことに気がつき、電話をかけてきたのだろう。

鳴り続ける呼び出し音……。心臓がバクバク鳴った。電話を持つ手が震えた。

二年――誰とも会話せずに生きたのだ。もう、声の出し方もわからない。

清水に申し訳ないと思いつつ、電源を切った。

おそろしいほど、静かになった――

5

食料が尽きた。ベッドに寝転がって、どうしようか、とぼんやりと思った。

生きるためには、外に出なければならない。けれど、僕はもう外に出られないようになっていた。揺月《ゆづき》を失った悲しみはちっとも癒《い》えないし、二年のあいだにすっかり身も心も弱ってしまって、外で生きられる気がしなかった。

だいたい、なんのために生きればいいのだろう?

これまでの僕は、揺月がいたから生きてこれたようなものだ。彼女が世界のどこかに生きていて、ピアノを弾いていてくれる――それだけで僕は救われて、生きる意味を感じられた。

揺月がいないのならば、もう、僕のいる意味もない。

――死のう、と思った。

恐怖みたいなものは全然なかった。生と死の境界など、どこにもないように思われた。

プツッ、と舌の先を噛《か》み切ってみた。痛みは麻酔をかけたように鈍かった。血の味が口のなかに広がってゆく――。結構、血が出るな、と思った。

僕は立ち上がって、洗面所に行った。鏡を覗《のぞ》き込むと、不気味な男が映っていた。

これが、僕か――と思った。髪は伸び放題で、ひげはぼうぼう、肌は青白く死人のようで、あんなに寝ているのに目のしたには隈《くま》、瞳《ひとみ》はうつろ、頬《ほお》はガリガリに痩《こ》けて頭蓋骨《ずがいこつ》のかたちが見えるようだ。舌を出してみると、先から赤い血が点々と白い洗面台に滴《したた》った。

お前ほど醜いやつはいないな……と、心のなかで話しかけた。

いっそのこと死んでしまったほうが、世のため人のため……。

僕はカミソリを引き出しから取り出した。右手に持ち、左手でベロを引っ張り出した。

ひやりと冷たい刃を舌に当て、一気に――

そのとき、幻聴がした。

『トカトントン』――

急に、やる気が失せた。脳裏に太宰治《だざいおさむ》の文章がよみがえった。

『自殺を考え、トカトントン』

どうして僕がそんな幻聴を聞いて、小説の人物のようにやる気が失せるのかわからなかった。不合理だ——けれど、実際に失せてしまったものはしょうがない。ベッドに寝転がって、餓死を待つことにした。布団と同じ温度の生温かい暗闇《くらやみ》が、ゆっくりと僕を呑《の》み込もうと——

『トカトントン』——

えっ？　餓死もダメなの？　何もしないことにやる気が出ないってどういうことなの？　と首を傾げつつ、むっくりと起き上がって、どうにかこうにかすることを考える。

ふと、揺月《ゆづき》のビデオのことを思い出した。死ぬのなら、あれを見てから死にたい——

僕はクローゼットのなかに仕舞ってあったカメラを取り出してきて、それを無駄に大きい液晶テレビに映し出すために悪戦苦闘した。栄養不足なのか脳が萎《しぼ》んでいるのか単純なケーブル接続がなかなかできなくて歯噛《が》みして挫折《ざせつ》して寝っ転がって起き上がってまた最初から始める。そんな風にぐだぐだやっていたわけだけれど不思議と『トカトントン』は聞こえてこない。

ようやく、接続が終わった。

映像が、流れだした。

——揺月が、笑った。にっこりと笑って僕に手を振ってくれた。

彼女はリビングのテーブルに座っていた。背景は大きな窓、冬の青空、白い壁、オレンジの断面みたいな壁掛け時計。ミラー監督が訪れたすこし後だから、十二月の初め、場所はミラノ。

『……けっこう難しいな、ちょっと手ブレしちゃう』

僕の声だ。揺月はふっと笑って、

『じゃあ、今日は練習だね』

そしてマグカップのコーヒーに砂糖とミルクを入れ、スプーンで混ぜる。僕は無駄に芸術家志向だったのか、それを真上から撮ったりしている。――そしてまた揺月の笑顔を映す。揺月がコーヒーを飲む。カメラはゆっくりと回って、きれいな横顔を撮る。

僕は揺月の横顔が好きだったのだ。

場面が変わって、揺月の背中。ブルーのエプロンの紐《ひも》がちょうちょ結び。ストトン・トトとあの懐かしいリズム。僕がこっそりといやらしい足取りで近づくと、気づいた揺月が半分ふり返って、『もうー、なにーっ？』と笑う。僕はまた切り分けられた野菜に無駄に美しさを見出《みいだ》して撮ったりしつつ、揺月を映す。揺月は笑顔。

また場面が変わって、揺月が歩いている。ミラノの街並みをすうーっと横切っていく。太陽が立ち並ぶ家々の窓に反射してちかちかと光る。風が真っ黒な髪をやわらかく揺らす。ただ歩いているだけなのに、映画みたいだ――

――いや、実際にそれは、映画だった。

監督は僕じゃない。僕はただのカメラマンで、監督は――揺月。

映像は撮られた段階からすでに編集されていた。

揺月はただ撮られているように見せかけて、メッセージを持つ一本の映画を撮っていたのだ。

メッセージは単純明快、誰にでも読み取れる。僕がカメラを向けると、揺月《ゆづき》は必ずにっこりと笑う。そして、画面に映っているあいだは、口元に優しい微笑《ほほえ》みを浮かべ続ける。ずうっとそうだ。時間が経って、指がなくなっても、手がなくなっても、足がなくなっても、笑顔だけは決して画面からなくならない。

『わたしは幸せ』――

それが、揺月がこの映画で伝えたかったことだ。撮り始めてからずうっと、揺月はその一念を、いま、この瞬間、ビデオを見ている僕に向かって遠くから投げかけ続けていたのだ。

一緒に見た『ニュー・シネマ・パラダイス』のラスト、キスばかり続くフィルムのように、揺月の笑顔ばかり、やさしい雨のように降り続く映画だ――

僕は泣いた。泣いたはずなのだけれど、涙が一滴も出なかった。涙の一滴も出ないほど、カラカラになっていたのだ。部屋は砂漠になって、身体はミイラになってしまったのだ。

映画はどんどん終わりに近づいてゆく――

結婚式の映像になる。清水《しみず》が撮ってくれたのだ。指輪交換、誓いのキス、ケーキ入刀、立派な大人になってスーツを着て駆けつけてくれた友人たち……。

楽しい結婚式はあっという間に終わってしまう。それ以降、カメラを回した記憶はない。楽しい結婚生活に夢中で、そのあと揺月はホスピスに行ってしまったから。

画面は真っ暗になった。

楽しい映画はこれでおしまい。映画館は閉館になります――

そんなアナウンスすら幻聴で聞こえたときであった。

突然、パチン、と画面のなかで電気が点いた。

パジャマ姿の、揺月が映った。電子ピアノの前、車椅子《いす》にたおやかに腰掛けていた。手には照明のリモコン。金の結婚指輪が光っている。彼女は、言った。

『こんばんは、八雲《やくも》くん。そして、たぶん、お久しぶりです――』

僕はテレビから目を逸《そ》らし、右奥を見た。電子ピアノの前は空っぽだ。壁にはオレンジの断面みたいな時計がかかっている。また、画面に向き直る。

『わたしはいま、八雲くんのおかげで、幸せです――』揺月はふっと微笑んで、首をすこし傾げた。『八雲くんは、どうですか――？』

僕は瞬きもせず、じっと画面を見つめている。オレンジの断面みたいな時計が違う時を刻んでいる……。

『もしもいま幸せなら、いますぐ画面を消してください。そしてわたしのことなんか、ポカンと忘れてしまってください。三歩進むともう思い出せない、可愛《かわい》らしいにわとりさんみたいに。……そして、ずっとずっと、にこにこ笑って生きてください。では、はい、どうぞ――』

揺月は美しく座ったまま、じっと動かない。僕が画面を消すのを待ち望んでいる。

僕はちっとも動けない。ちっとも幸せではない。もう幸せが何かもわからない。

揺月《ゆづき》はふう、とひとつ息を吐いて、話し始める。

『──まだ、映像を見続けているということは、八雲《やくも》くんは幸せになれていないのですね……。もう死んでゆくわたしの願いは、たったひとつ、あなたの幸せ。それだけなのに……』

揺月がうつむいた。僕は悲しくなった。ごめん、揺月……。

『わたしには、あなたの姿が見えるようです。暗い部屋で、ひとりぼっち、ごはんもろくに食べず、痩《や》せっぽっちになって、背を丸めているのでしょう？』

揺月がまっすぐにこちらを見つめた。僕は自分の醜いすがたを見透かされているようで、情けなくて、恥ずかしくて身をよじった。

揺月は、ふっと表情をやわらかくした。かなしいような、愛《いと》しいような表情だった。

『八雲くんはやっぱり、わたしがいないとダメなんだから……。それが実は、嬉《うれ》しかったりもする、ずるいわたしなのだけれど──もう、そうも言っていられません。わたしはもう、そばにいてあげられない。八雲くんは、わたしがいない世界で、生きていかなければならない。わたしたちは、上手にお別れできたでしょうか？　……ひょっとしたら、できなかったのかもしれませんね。じゃあ、これから、上手なお別れをしましょうか──』

揺月は、一時停止してテレビの位置を変え、離れて座るように指示した。そして、塩になった揺月が入った花瓶も手元に置くように──と。僕は言われた通りにした。

『──準備はできましたか？　これからわたしは、奇跡を起こします。一度きりの奇跡です。

それで、わたしとあなたは、永遠にさよなら。だから、全身全霊で、見て、感じてください』

　揺月は一度、深呼吸した。そして、言う。

『──いまがきっと、あなたにとって、一番辛《つら》いときだと思います。あなたにとって、いちばんおそろしい夜のなかにいるのだと思います。わたしはあなたを、そこから救い出してあげたい。そして明るい世界に連れ戻してあげたい。だからいま時を超えて、あなたを助けに行く』

　パチン、と電気が消えて、画面が真っ暗になった。

　そして、オレンジ色の丸いひかりが、灯《とも》った。

　あっ、と息をのんだ。

　揺月が、部屋のなかにいた。

　ピアノの前で、ちいさなデスクランプのスポットライトに照らされて、優しく微笑《ほほえ》んでいた。

『助けに来たよ、八雲くん』

　そして、少年みたいな笑みをにっこりと浮かべた。

「揺月──」僕は思わず、手を伸ばした。揺月がそれを諌《いさ》める。

『そこから動いちゃダメだよ、魔法が解けちゃうから──』

　魔法が解ける──たしかに、その通りだった。揺月は、明かりを丸く絞ることで、テレビの四角い枠を暗闇《くらやみ》と同化させ、画面奥にいるように見せかけていただけなのだから。

　簡単なトリックだ──けれど、僕にとってそれは、魔法以外の何物でもなかった。

揺月《ゆづき》はたしかに、時を超えて、助けに来てくれたのだ。

『――これから、わたしの最後の演奏をしようと思います。最後の最後、八雲《やくも》くんのためだけの演奏です。もうアガートラムも上手く動かせなくなってきているから、美しい演奏はできないでしょう。――だから、わたしがこれから弾くのは、楽しい曲、八雲くんが元気になって、また歩いていけるような曲です。実は、五歳のときに、わたしが初めて作った曲です。評論家から見たらダメダメな曲だけれど、わたしはこのダメダメな曲がとっても大好きです。わたしがダメダメなあなたを、とっても愛しているのと同じように――』

揺月が、ピアノを弾き始めた。楽しい、飛び跳ねるような音楽が、流れ出した。

とってもヘンテコな曲だった。でもとっても楽しくて、力が湧《わ》いてくるようで、どこまでも行進していきたくなるような曲――。アガートラムがたまに変な挙動をして、雑音が混じる。でもそれを、揺月は苦もなく音楽のなかに取り入れ、一層楽しいメロディーにする。まるで教室の隅でいじけているひとりぼっちまでも、大切な仲間にしてしまうように。

まるでおもちゃのピアノを弾いているみたいだ。むずかしいことなど、何一つない。けれど懐かしいほど澄んで、天国にひびくような音楽だ――

――と、そのとき、僕の脳裏に、前に見たヘンテコな夢がひらめいた。

カーテンを閉め切った真っ暗な部屋のなかで、テレビを見ている。

画面には清水《しみず》が映っている。結婚式のときのスーツ姿で、うわっはっはと笑う。すると次は相田《あいだ》が映り、これまた結婚式のときの姿で、耳の穴に親指を突っ込んで手のひらをピラピラやりながら『吹き戻し』をピューピロピロ。次は揺月のマネージャーだった北条《ほうじょう》崇《たかし》が現れて、クレイジーな笑顔でカメラをカシャカシャやってフラッシュが眩《まぶ》しい。

僕はその夢の続きを、思い出した。

僕はテレビ画面のなかに入ってしまう。ハンディカメラの撮影者になるのだ。見渡す限りの広い花畑にいる。空は苺《いちご》ミルクみたいな不思議な色。

清水や相田や北条のうしろにも列がずうっと続いていて、結婚式のときの服装の小林《こばやし》暦《こよみ》や坂本《さかもと》やら何やらがみんないる。それがみんな、カメラの前にくるとちいさな怪獣みたいにベロベロバーとかスッチョンガッチョンとかシャキーンドンゴンとか元気爆発、変な動きをしてまた行進に戻る。そのうしろにもまだまだ列は続いていて、高一のときの担任の隅田《すみだ》先生とか福島から脱出したくてしょうがなかった関ヶ原《せきがはら》とかちょっと精神を病んでしまった精神科の先生とかワルシャワ空港のガタイの良いショパン弾きとかゴールデンレトリバーのリズムとか、とにかくみんないる。みんな奇妙で愉快な怪獣みたいに元気に行進していく。みんな笑顔。

『八雲くーん！』

振り返ると、揺月がいる。笑顔でいる。ウェディングドレス姿で車椅子《いす》に座っている。

『わたしたちも行こうっ！』

僕もまたニッコリ笑ってビデオカメラをポーンと放り出し、揺月《ゆづき》をお姫さま抱っこして行列に加わっていく。するとうわっはっはっはと大魔神清水《しみず》が登場。バカでっかいグランドピアノを軽々と担いでくる。揺月は楽しそうににっこり笑ってアガートラムでポロンポロンと鍵盤《けんばん》をたたく。愉快で美しい音楽が流れ出し、僕らは祭りの列になってどこまでも行く――

夢のなかで揺月が弾いた音楽は、画面のなかの揺月が弾いたのと同じ曲だった。

気がついた。あの夢を見たのは、揺月がアガートラムを失う3日前――。僕はその日の夜、揺月のこの演奏を、眠りのなかで聞いたに違いない。そして音楽が僕の眠りのなかまで入りこみ、このヘンテコな夢を見せたのだ。まるで化石になった神話が息を吹き返すかのように、忘れていた夢が、あざやかによみがえる――

相田《あいだ》はピューピロピロ夢のなかでもやっぱりうるさい。小林《こばやし》暦《こよみ》は短い手足をいっぱいに伸ばしてガオーガオーとちっちゃなゴジラ。六本木《ろっぽんぎ》先輩は千本木先輩にパワーアップしていてもはや人間よりもガンダムに近い。みんなアホ丸出しで楽しい。美しい十二単《ひとえ》を纏《まと》っているのは『うねめ祭り』の春姫《はるひめ》、彼女といちゃいちゃしているのは許嫁《いいなずけ》だった次郎《じろう》だろう。気がつくと隣に浦島太郎《うらしまたろう》。スイスイ宙を泳ぐ亀《かめ》の背に乗っかって釣竿《つりざお》をぶんぶん振り回していて針があぶない。かわいい白雪姫を七人のこびとたちが取り囲んでいる。見れば、色んな架空のキャラクターたちまでも僕らと一緒に行進している。『ジョジョの奇妙な冒険』のキャラたちがバァ～ン！とかWRYYYY！とかポーズを決めていてやっぱり劇画調はテンションが高い。ディズニー映画のキャラたちはアニメそのままの愉快な動きでとっても楽しい。みんな笑顔。その横でゴッホゴッホと咳《せき》をしてさすがに漫画のキャラには追いついていないけれどそれでも元気一杯に行進している細身でとんがった鼻の茶髪の男性。僕はびっくりした。

あっ、ショパンだ――

一緒にいる女性はたぶんジョルジュ・サンド、そしてその子供のモーリスとソランジュ。ショパンとは愛憎だの確執だのいろいろあったややこしい彼らなのだけれど今はなんだかいい感じで楽しげで仲良く一緒に行進中。みんな笑顔。

そのうしろには兵隊のヘルメットを被《かぶ》って銃を肩にかついでいるまだ幼いけれど勇敢な戦士。ワルシャワ蜂起《ほうき》で戦った男の子だ。

うしろに同じくワルシャワ蜂起で亡くなったポーランド人の兵士や市民がみんな銃を持って続いていく。一番前を行く男の子は誇らしげだ。子供に先頭を譲ってあげる優しくて凛々《りり》しいポーランド人の戦士たちだった。ズシンズシンと何やらうるさいと思ったら、街が行進していた。ドイツ軍に破壊されたワルシャワの旧市街だ。美しいどこか懐かしい街並みが、死者たちに寄り添うように一緒に行進している。ああ良かった、と僕は思った。彼らはいまも、故郷と一緒にいるのだ。みんな笑顔。

そのうしろには、日本人。見慣れぬ人だけれど見知らぬ人というわけではない。僕は彼らをネットやニュース映像で見かけたのだ。

東日本大震災で亡くなった人たち。

津波から逃げ遅れてしまった人や誰かを助けようとして亡くなってしまった人、震災のあとに体調を崩して亡くなってしまった人、失ってしまったものが大きすぎて悲しくて自ら命を絶ってしまった人……みんないる。いまは楽しく行進している。ズシンズシンと一緒に行進する、津波や地震で壊れてしまった故郷の風景に守られて。みんなみんな笑顔。

うわっはっはっは――！　と清水《しみず》が笑う。揺月《ゆづき》がピアノを弾く。生者も死者も物語も一緒に行く。僕らは愉快な百鬼夜行。地の果てまでも行く、明るい、にぎやかな祈りの列だ――！

――と、目の前に断崖《だんがい》が出現。左手から右手へと地面がぱっかり割れている。

楽勝楽勝、と清水が言う。僕はうなずく。――僕らは、軽やかに跳んだ。そのとき、ふわっ、と揺月のからだが浮いた。ピアノも浮いた。揺月は弾きながら軽やかに空へとのぼっていく。ショパンも浮いた。ジョルジュ・サンドと子供たちも浮いた。ワルシャワ蜂起《ほうき》で亡くなった人々も、ワルシャワ旧市街も、震災で亡くなった人たちも、その故郷の風景もみんな浮いた。

死者たちが、気持ち良さそうに空へと舞い上がっていく――

僕たち生者と物語たちは断崖の向こう岸に着地を決めて、ぽかんとして空を見上げた。

演奏はいよいよ、クライマックスだ。

空が割れて、目も眩《くら》むような明るい光がそこから差し込んだ。

天国だ、と僕は思った。みんなこれから天国へとのぼっていくんだ。

ワンワンワワン――！　と一匹の犬が空を駆けて揺月のもとへと行く。揺月が好きすぎておしっこを漏らしてしまうゴールデンレトリバーのメロディーだ。メロディーは揺月のそばに寄り添うように飛ぶ。揺月は微笑《ほほえ》みかける。そこに、すいーっとグランドピアノと優しそうな気品のある女性が飛んでくる。

田中希代子《たなかきよこ》先生だ。

彼女は揺月の音楽に合わせ、透き通るようなピアノの音色を響かせる。膠原病《こうげんびょう》でピアノを弾けなくなり無念な思いをなさった先生だけれど、いまは自由にピアノが弾けてとても楽しそう。揺月も尊敬する先生と一緒に弾けてこの上なく幸せそうだ。

そこにショパン先生までもやって来る。ピアノはもちろんプレイエル。即興演奏にも天才的なショパン先生だから、そっと手を添えるようなさりげなさで五歳の揺月が作った曲をもっともっと楽しく美しくしてくれる。

すると他にも楽器を持った人々が続々と集まってきて自由な協奏曲になる。

バオーン――！　と大きな鳴き声がして、地平線から巨大な真っ白い生き物が顔を出した。

真っ白い巨大なくじらだ――！　ぶるり、と僕は思わず震えた。それは僕が揺月の塩で描《か》いた、砂絵のくじらだったのだ。くじらは背に死者たちを乗せ、ファーストクラスで天国へと連れていく。僕は揺月《ゆづき》がちょっと心配になる。天国に電気はあるのだろうか？　夜でも楽譜が読めるのだろうか？　そう思って足元のスズランをぷちっとつんで空に飛ばすと、くるくる回りながら飛んでいって、ワルシャワの街灯になってみんなを照らす。天国ではなんでもアリ。すべてがオールオッケーなのだ。

とても荘厳な音楽が、空に響き渡った。死者たちだけが奏でることのできる音楽だ。なんという気高い、優しい音楽だろうと僕は思った。

それはきっと、死者たちの魂の気高さ、そして優しさだ。

死者たちはきっと、自らの魂の美しさによって救われてゆく――

揺月はきっと、天国で僕の母さんに会うだろう。暖かい陽《ひ》だまりのような場所で。そして、そばになっているオレンジの実を、なかよくはんぶんこにして食べるだろう。

地上の僕らはおーい！と元気よく手を振って死者たちを見送る。さみしくて悲しいけれど、みんな笑顔だ。みんな笑顔で、死者たちの安息を願っている。

僕らはまたにぎやかな祈りの列になって歩きだす。すると、

『トカトントン』――

おやっ？　と思って振り向くと、大工が新しい家を建てている。

トテカンカン・トカトントン・トントテカン――

力強い、リズミカルな音だ。僕らは奇妙な楽団になって果てしない花野をゆく。

うわっはっはっは・ピューピロピロ・ガオー・スカタン・ボグボグ・ウェリントン・チャラリラ・ストトン・トト・スコトン・パッパ・シャッシャ・ぴるぴる・カチャンコ・トントン・ぷるるうぉーん・ピョーン・カタカタ・トテカンカン・トカトントン・トントテカン――！

雑音みたいな生活の音が、僕らの祈りの音楽になる。

そして新しい街が、僕らを追いかけてくる――


そして僕は、爽快《そうかい》な気分で目を覚まし、涙まで流していた。

何か、決して救われない思いを、救われたような気がして。僕はあのとき眠りのなかで揺月の演奏を聞き、とっくに、救われていたのだ。それをいま、ようやく思い出したのだ。

揺月は演奏を終え、こちらを向いた。女神のように慈愛に満ちた表情で、言う。

『――どうだったでしょうか？　あなたが元気になるように。あなたが救われるように。心をこめて弾きました』

僕は頷《うなず》いた。何度も何度も頷いた。けれど、涙は出てこなかった。

揺月はそんなこともお見通しだったかのように、言う。

『もしもあなたが、涙も出ないほど弱ってしまっているのならば。どうか塩になったわたしのからだを、ひとつまみ食べてください。わたしはあなたの涙になりたい。しょっぱい涙になって、あなたのどうしようもない悲しみを綺麗《きれい》さっぱり流し去って、あなたを明日に連れていきたい。また明るい世界で息をさせてあげたい。そしてわたしは、あなたの命になりたい――』

僕は揺月《ゆづき》の塩が入った花瓶を見つめた。そして――塩を、ひとつまみ、つまんだ。

震える指を、舌のうえまで――運んだ。

しょっぱい。そして、痛い。

――涙の味を思い出した。

その瞬間、今までに流した涙の記憶が、いっぺんによみがえった。悲しい涙、悔しい涙、嬉《うれ》しい涙、驚きの涙、切ない涙、あくびをしたときの涙までも、すべてが懐かしく、愛《いと》しくよみがえった。まるで空っぽの頭のなかが、鮮やかな花束で満たされたみたいに。

そしてまるであまりにも鮮やかな光に目がくらんで涙が流れてしまうみたいに、あまりにも鮮やかな記憶の花に目がくらむようにして――僕は泣いた。声をあげて泣いた。

砂漠のような部屋を洪水にしてしまうくらい、僕は泣いた。

『これであなたは、もう大丈夫――』揺月はまるで、実際に見ているかのように言った。『きっと未来に向かって、力強く生きていけるはずです。――では、わたしは、過去に戻ることにしましょう』

パチン、とデスクランプの明かりが消え、暗闇《くらやみ》になった。

また、パチンと部屋の電気がつき、揺月は四角い画面の向こうへと行ってしまう。

揺月はさみしそうな顔で言う。

「奇跡は一回きりだから、もうこの映像を見ちゃダメだからね？　では、これで――」

そのとき、画面の向こうで僕が大声で何か叫んだ。揺月はびくっとして寝室のほうを振り返った。シュールな間があって、揺月は再びこちらを振り返って、ぷっ、と笑った。

『八雲《やくも》くん、いまの寝言？　いったい、なんて言ったの？』

僕は思い出している。僕は夢のなかでこう叫んだのだ。

『やっぱり、揺月のピアノはサイコーだ！』

揺月は笑顔で、手を振る。

「じゃあ、バイバイ、八雲くん。元気でいてね。風邪ひかないでね。素敵なおじいちゃんになってから、わたしに会いにきて――」

そして、映像は終わった。

僕は、生きよう、と思った。

そして――小説を書こう。揺月のことを書こう。

たったいま、僕の心を救ってくれた、揺月のことを。

6

僕は意を決し、扉の外へと、出た――

光が、目を刺した。目をぎゅっと閉じ、手を顔の前に掲げた。それでもあまりの眩《まぶ》しさに、目からぼろぼろと涙がこぼれた。すこしずつ、目を開けた――

青空だった。

ひらりひらりと、花びらが宙を舞っていた。桜の花びらだった。向かいの隣家から、風に乗って運ばれてきたのだった。むせかえりそうなほど、季節の匂《にお》いを感じた。

春の匂いだ――。もう、引きこもってから、三年目の春が来ていたのだ。

一歩、前に踏み出した。もう、目眩《めまい》がして、ふらついて、壁に手をついた。骨と皮ばかりの、あまりにも細い腕が、折れそうで不安だった。膝《ひざ》がガクガクした。また一歩、進む。足が鉛のように重い。倒れそうになるのを、踏ん張った。ここで倒れたらもう二度と起き上がれない気がした。すこしずつ、前に進んだ。まるで泥沼のなかを進むようだった。路上に出た。車が猛スピードで駆け抜けていった。かなり離れていたのにとんでもなく驚いて腰が抜けそうになった。世界のスピードと情報量の多さについていけない。

あまりのおそろしさ、自分の情けなさ、光の眩しさに涙をぼろぼろとこぼした。

それでも歯を食いしばって一歩一歩進み、ついに、近所のファミリーマートにたどり着いた。わずか100メートルほどの距離なのに、まるで奈良の都から歩いてきたかのようなすさまじい疲労感だった。

自動ドアが開いた。「いらっしゃいませー」と声をかけた店員が、僕の姿を見てぎょっとした。当然だ。髪は伸び放題で顔を完全に覆い隠し、からだは骨と皮ばかり、しかもぜいぜいと死にそうなほど息切れしている。これほど不気味な客もないだろう。きょろきょろと辺りを見回し、店の奥の弁当売り場へと行く。客がみんな、あぜんとして僕を見ていた。——かまうものか、と思った。僕は怪獣だ。醜いけれど、揺月《ゆづき》に救われた僕だ。

買い物かごに詰め込めるだけ食べ物を詰め込んで、レジに持っていった。左耳に三個ピアスがついている茶髪の女性店員が、なかばぽかんと、なかば怯《おび》えながら、ピッ、ピッ、ピッ、とバーコードをスキャンしていく。

彼女に伝えなければならないことがあった。しかし、声の出し方を忘れていた。その場で、練習した。喉《のど》から木のうろを風が通り抜けるような音がした。もう一度。今度は、オーボエみたいな『ラ』の音が出た。チューニング完了。——僕は言った。

「ファミチキください」

7

ラーメン、そば、サンドイッチ、カツカレー、豚丼、チキンライス……。

僕はとにかく食べた。長年の少食で胃がかなり縮んでいたけれど時間をかけてなんとか詰め込んだ。枯れ果てたからだを元に戻さなくてはならない。

食べ終わると、机の前に座ってマックブックを開いた。そして、古田《ふるた》にメールを打った。

『ご心配おかけしました。また小説を書きます。一番に読んでください』

前髪が邪魔だ……。洗面所に行って、舌を切ろうとしたカミソリでパッパッパと前髪を適当に落とした。細かく整えるのはあとでいい。今は一刻も早く小説が書きたい。

机に戻ると、もう古田から返事が来ていた。

『ありがとう!! ずうっと待ってます!!』

じんわりと涙が出た。清水《しみず》にもメッセージを打つ。

『清水、心配かけてごめん。結婚式にも行けなくてごめん。たくさんメッセージありがとう。これからすこしずつ立ち直って、いつか清水に会いにいくよ』

すぐに返事が来た。

『うん! 待ってるよ、やっちゃん!』

僕のまわりには、こんなに優しい人たちしかいない。

僕は小説を書き始めた。

母さんが塩化病だと告げられたときのことから書き始めた。二年以上のブランクが完全に腕と脳を錆《さ》びつかせていて、小学生のような文章しか書けなかった。小学一年生の僕にも勝てなかった。てにをはがおかしいし、文章が全然流れていかない。一歩ごとに意地の悪い石が読者を蹴《け》っ躓《つまず》かせようと待ち構えているかのような読みにくさ。情感もぜんぜんない。まるでむずかしい洗濯機の説明書が小説のかたちに偽装されているみたいだ。

これでは揺月《ゆづき》の優しさが伝わらない。僕は何度も何度も文章を書き直した。

翌日からは、生活も立て直していった。窓を開け、部屋の掃除をし、きっちり食事をとり、一日二回散歩をする。そして残ったすべての時間で、小説を書くための努力をした。

あっという間に、季節が過ぎていった。

そして、10月17日——揺月とショパンの命日がやってきた。揺月の三回忌だ。

懐かしい人から、メールが来た。アガートラム製作者のエミルさんからだ。

エミルさんらしい長々とした挨拶《あいさつ》のあとに、ＵＲＬが添付してあった。クリックすると、動画アップロードサイトに飛んだ。一部の人にだけ動画を公開する仕組みだ。僕だけが見られるようになっている。僕は心臓をどきどきさせながら、動画を再生した。

揺月が、映った——

白いドレスを着て、アガートラムをつけている。彼女は一礼して、ピアノのうえにアンパンマンのぬいぐるみを置き、『舟歌』を演奏する——魂をうばわれて聞き惚《ほ》れてしまう、美しい音色だ。演奏が終わると、揺月は立って、一礼する。僕は目に涙を溜《た》め、思わず拍手した。

映像が切り替わり、僕と、揺月と、ミアハちゃんと、エミルさんが一緒に記念撮影しているところが映る。みんな幸せそうだ。ミアハちゃんは揺月にぎゅっと横から抱きついて、あの空色の瞳《ひとみ》をきらきらさせている。揺月はアガートラムでそっとその肩を抱いている。

カメラはゆっくりと、ミアハちゃんの顔にズームインしていった。大写しになったミアハちゃんの顔がだんだん薄くなり、代わりにもうすこし大人びた少女の顔が写し出される。

美しい少女だ。ウェーブのかかった金色の髪に、白い肌、ほっぺに可愛《かわい》らしいそばかす。そして、きらきらした空色の瞳《ひとみ》――

目を見開いた。三年分、成長したミアハちゃんだ。

カメラはゆっくりと、ズームアウトしてゆく。

あっ――と息を呑《の》んだ。ミアハちゃんの両腕には、アガートラムが輝いていた。新型だろう、前よりも洗練され、美しくなっている。その腕に、揺月《ゆづき》があげたお守り――アンパンマンのぬいぐるみが、抱かれている。ドレスはあの日と同じ、空色。

ミアハちゃんは、にっこりと笑い、すこしだけ拙《つたな》い日本語で言った。

『こんにちは、おひさしぶりです。ミアハ・カミンスキです。9さいになりました。あれからもう、3ねんがたつのだとおもうと、しんじられないようなきもちになります。3ねんまえのあのひ、わたしはゆづきせんせいにあいとゆうきをもらいました。あれからわたしはがっこうにもちゃんとかよえるようになり、べんきょうもがんばって、ともだちもたくさんできました。

そして、お父さんがアガートラムをつくってくれました。それからまいにち、わたしはだいすきなピアノをれんしゅうしました。さいしょはぜんぜんうまくいかず、おちこむこともあったけれど、アンパンマンをみるとはげまされ、にこにこしながらがんばることができました。

いまでは、さんどのめしより、ピアノがすきです。だいすきです。

ぜんぶ、ゆづきせんせいのおかげです――。せんせいがなくなられて、とてもかなしかったです。なんにちもなんにちもなきました。けれど、こうもおもうのです――』

ミアハちゃんは心臓のあたりに、銀のてのひらをあてた。

『せんせいはずっと、わたしのなかにいる――

わたしのなかで、ずっと、うつくしいピアノのねいろをかなでてくださる。

そうしんじていれば、すべてのかぜが、せんせいのおんがくになる。

きょうは、てんごくのせんせいにとどくように、いのりをこめて、ひきます――』

ミアハちゃんは、グランドピアノのうえにアンパンマンのぬいぐるみを置き、腰掛けた。

左手、彼女の背中がわの窓から透明なひかりが差し込んでいる。

ミアハちゃんは、深呼吸をひとつ。そして、アガートラムが、なめらかに動きだした。

しじまに力強く漕ぎ出す、フォルテ――

揺れる小舟のような、黒鍵の伴奏――

僕の目から、涙があふれ出した。

『舟歌』――

美しい旋律が、流れ出した――。清く澄んだ、愛らしい音が連なる。真珠《しんじゅ》のような、涙のような美しい音の粒が、きらきらと空にのぼってゆく。

先天的に前腕を欠損しているミアハちゃんは、アガートラムを動かすのに、相当苦労したはずだ。前腕を動かした記憶がそもそもないために、筋電位を上手く操れないからだ。けれど、ミアハちゃんはそんな苦労を微塵《みじん》も感じさせない。最初からピアノと一緒に生まれてきたような自然な美しさで、音色を奏でている。

脳裏に、揺月《ゆづき》のすがたが閃《ひらめ》いた。初めて出会ったとき、まるで春空の切れ端が気まぐれに降りてきたみたいだと思った、ピアノを弾く揺月のすがた――

それが、ミアハちゃんの姿に重なった。

ミアハちゃんはきっと、何度も何度も揺月の演奏を聴いたのだ。そして、いつか彼女みたいな美しい演奏ができることを願って、毎日毎日、祈るように弾き続けたのだ。

だから、ミアハちゃんの音は、揺月の音を受け継いでいた。それは揺月が田中希代子《たなかきよこ》先生から受け継いだ音でもある。希代子先生もきっと、その音を誰かから受け継いだのだ。まるで、大地に磨かれた清らかな富士《ふじ》の雪解け水のように、長い長い時間に磨かれた、祈りの音だ――

まるで、運命が鳴っているみたいだ、と僕は思った。

きっと、天国の揺月にも届いただろう。

8

長いお礼のメールを書いた。きっと友人に長々と翻訳してもらうのだろう。そして涙もろい優しいエミルさんのことだから、涙を零《こぼ》したりもするだろう。想像すると微笑《ほほえ》ましかった。

翌日、また長々とした返事がきて、こう訊《き》かれた。

『この動画を、一般にも公開したいのですが、どうでしょう？　たくさんの人に勇気と希望を与えられると思うのです。――しかし、わたしには、ひとつの懸念があります。それは、この動画がコマーシャルになってしまうということです。アガートラムは来月、ついに発売されるのです。この動画はアガートラムのとても強力な宣材になるでしょう。ですが、揺月さんをコマーシャリズムに利用したくない思いもあるのです。ジレンマです……』

震災のあとの、『SADNESS』のＣＤジャケットの件を思い出した。あのとき震災はパッケージングされ、商品化され、消費された。それと似た構図が、今回も問題になっているのだ。

揺月とミアハちゃんのこの美しい関係性で、金を儲《もう》けてしまっていいのか――？

しかし僕は、即答した。

『公開してください。コマーシャルにしてしまって構いません。アガートラムは製品を超えて、たくさんの人に希望を与えることのできる作品です。揺月もアガートラムに希望をもらいました。そして僕も。たくさんの人に希望を届けられることを、揺月も誇りに思うでしょう。宣伝料なども必要ありません。とても素晴らしいことです。』

――これでいい。きっと、何かを発信するということは、消費されることと隣り合わせなのだ。大事な思いがいつも届けたい相手だけに伝わるわけがない。途中で余計な金を生み出したり、心ない誰かに唾《つば》を吐きかけられたりもするだろう。

けれどそれでいい。大砲を隠した花束のように、消費されることを半分受け入れながら、遠くまで飛んでいくといい。そして誰かが困難や絶望に立ち向かうための武器になればいい。

――動画が公開されると、たちまち話題になって、信じられないほど拡散された。

たくさんのコメントが、世界中から寄せられた。

『わたしは先月事故で手を失って、悲しみで一杯だった。でもいまは希望でいっぱい！』

そんな英語のコメントを読んで、胸が熱くなった。アガートラムが発売されると、瞬く間に売れた。これまで腕を必要としていた人々に、安価で美しい銀の手が差し伸べられた。その手はきっと今度は、別の誰かに向かって差し伸べられるだろう。コペルニクス・テクノロジーズはその後、東日本大震災や熊本地震、その他の団体に多額の寄付をしてくれた。

9

そうこうしているうちに、小説のタイトルが決まった。

まるで水底からひとつの泡がゆらゆらとのぼってくるかのように、そのタイトルは自然に頭のなかの深い場所から現れた。

『わたしはあなたの涙になりたい』

揺月《ゆづき》が僕に言ってくれた言葉だ。それこそが、この物語の核なのだとわかった。

それからは、とても自然に言葉をつむぐことができるようになった。最初からどこかに存在する物語を、目の前に再構築するだけでよくなった。けれどやっぱり悩みながら、苦しみながら書いた。何度も泣きながら書いた。祈るように書いた。揺月の魂が救われますように。死者たちの魂が救われますように。物語を読んだひとたちの心が救われますように。そう祈りながら書くことが、何より僕自身の救いだったのだ。

そして一月――ようやく原稿が完成した。

僕は達成感で震えた。ついに、書くべき物語を書き終えたのだ。書き終えてようやく、どうして揺月が人生の最後、急激に『物語化』していったのか、ようやくわかった。

物語はちゃんと人を救うことができる。

揺月は『物語化』によって、自分を救い、僕のことまで救ってくれたのだ。

深い虚脱感に陥りそうになるのを、気合いを入れ直し、推敲《すいこう》を重ねた。僕の実力ではもうこれ以上直しようがないというところまで磨き上げた。

そして、バクバクする心臓を抑えて、古田《ふるた》に送った。

『長い間、おまたせしました。やっと完成しました。一番に読んでください』

すぐに返事がきた。

『待ってました!! ありがとう!! ありがとう!!』

なんとも、緊張する時間であった。一時間が過ぎ、二時間が過ぎた――

前はあっという間だったのに、ずいぶんじっくりと読んでいるな、と思った。そして三時間

ずっとそわそわしていると、ようやく返事が来た。

『素晴らしい! 傑作です! 新人賞に出しておきます。きっと大賞とりますよ!』

ほっ――と、息をついた。

『ありがとうございます!』

『こちらこそありがとうございます。この物語を一番に読めたことは、僕の誇りです!』

じんわりと胸が熱くなった。背もたれに頭をあずけ、天井を見た。窓の外は冬の晴天。ぽか

ぽかと穏やかな陽《ひ》のひかりが差しこんでいた。

ひさしぶりに、やることがない。

10

僕はあちこち無駄に歩きまわった。頭のなかでは次の小説をどうするか考えていた。

――と、ふと、思った。

あの廃バスは、どうなったのだろう――?

僕はバスを持っていった業者、『OMOYA建設』に問い合わせた。すると、バスの意外な行き先がわかったのである——

僕はやがてバスに会いに行くための準備をしつつ、時を待った。次の小説はなかなか書きださせなかったが、不安な気持ちはなかった。きっと受賞できる——そう信じた。

もしも駄目でも、もう一度、やり直せばいい。ワルシャワの街や、被災地のように、ゼロからでもマイナスからでも、何度でも最初からやり直せばいいのだ——

そして物語は、冒頭に戻る。

エピローグ

深く、深く、海の底へと潜ってゆく。海水は次第に暗く、濃い色になってゆく——

やがて、海底に辿《たど》りついた。水深30メートル。曇り空のせいで、見通しが悪い。デトリタスが舞って、まるで雪夜のようだった。

清水《しみず》に合図して、懐中電灯を、つけた。

パッと灯《とも》った明かりのなかに、海底に沈んだ廃バスのすがたが、照らし出された。バスは黒々と大きく、フジツボなどもくっついてすこしばかり不気味だ。

——これじゃない、と胸の前でバッテンを作って見せた。

清水は頷《うなず》いて、バスの右側のほうへと泳いでゆく——

もう一台、別の廃バスが現れる。

『人工漁礁《ぎょしょう》』——

それが、この海底に沈んだ廃バスたちの正体であった。海中に人工物を沈め、魚たちの住処《すみか》として繁殖を促すのである。この地点には5台のバスが沈められ、西南西の方角に頭を向けて並べてあった。名前も知らない魚たちが、バスのなかにじっと息を潜めている。

——と。

あった――！　僕は一番端に、あの懐かしい廃バスを見つけた。可愛《かわい》らしい顔が、色々な貝や海藻にうもれて、いまは眠るようだった。

清水に合図すると、彼は頷いて、その場で止まった。僕ひとりで行かせてくれるつもりなのだ。僕は頷き返し、バスの運転席の左側にある入り口まで、泳いでいった。バスのあらゆる窓やドアは取り外されていた。入り口が、がらんと四角い口を開けていた。

僕は目を閉じて想《おも》いを馳《は》せ、それからゆっくりと、なかに入った。


――バスのなかは、真夜中であった。


とても寒く、静かな、冬の夜だった――

窓からは冷たい月のひかり。ひらひらと雪が音もなく降っている。

しくしくと、少女が泣いている。彼女にとって一番おそろしい夜の底で、ひとりぼっちで。

時間のはざまに忘れさられた、さみしい白い影のようなすがたで――

僕は子供のすがたに戻っている。歩くと、こつ、こつ、と木の床が鳴る。

揺月《ゆづき》の前に立つと、彼女ははっと顔をあげた。

「お待たせ――」僕は微笑《ほほえ》んで言った。「時を超えて、助けに来たよ」

揺月は目を見開いて、訊《き》いた。「どういうこと――？」

「小説家だけに使える、ちょっとしたトリックだよ。きみがトリックを使って、未来まで助けに来てくれたように。ちょっとしたトリックを使って、過去に戻り、きみを助けに来た。実はこのためだけに、長い長い小説を書いたんだ――」

揺月《ゆづき》はすこし首を傾げて、言った。

「……よくわからないけれど、なんだか不思議に、わかる気がする……」

僕は手を差し出し、言った。

「行こう。どこまででも、一緒に――。まずは、ええと……」

「猪苗代湖《いなわしろ》」

揺月はそう言って、にっこりと微笑《ほほえ》み、立ち上がった。

そして、僕の手を取った。

海からあがった僕と清水《しみず》は濡《ぬ》れたからだを拭《ふ》き、船の甲板に寝転んだ。

清水の義足が、銀色に光っていた。エミルさんたちの新作の、アガートラム・レッグだ。これがあったからこそ、清水は僕と一緒に海に潜ることができたのだ。つくづく、星の巡り合わせとは不思議なものだと思う。

いつの間にか空は晴れて、穏やかな陽気だった。空にはカモメの群れが飛んでいた。

「清水――」僕は言った。「ありがとう」

「いいんだよ、友達だろう、おれたち」

「友達でいてくれて、ありがとう」

清水はうなずいた。そして、たっぷりと間を置いて、ぽつりと、

「……小説、出版されるといいねえ」

「そうだね。でも、出版されなくても、それはそれでいいよ」

「ええっ、そうなの？」

困惑した様子の清水に、僕はふふっと笑って、言う。

「そのときは、毒にも薬にもならないラブコメでも、書くよ」

カモメの群れが、海の向こうへと飛び去っていった。

それから僕らは、塩になった揺月のからだを、海に帰した。母さんのときと同じように、手のひらにすこしずつ掬《すく》ってまき、最後にたくさんの花を海に浮かべた。空っぽになった花瓶の空白に、僕はもう、痛みを感じなかった。

波に揺れながらすこしずつ遠ざかってゆく花を見ながら、未来へと思いを馳《は》せる。

僕はこれから、どうなってゆくのだろう。福島はこれから、どうなってゆくのだろう。

わからない。わからないけれど、色々なことが上手くいくといいと思う。福島の魚がまた普通に買われるようになればいい。壊れた街がまた建て直されるといい。生徒がいなくなった小学校にまた子供たちが帰ってくるといい。大切なものを失った傷が癒《い》えるといい。

きっと大丈夫だ、と僕は思う。何かが失われた空白は、いつまでも痛み続けるわけじゃない。『ZAL《ジャル》』は長い時間をかけて、いつか回復される。そして祈りで満たされて、前よりも美しい何かがそこに立ち現れる。

義足でホームランを打った清水《しみず》のように。

よみがえったワルシャワ旧市街のように。

アガートラムで奏でた揺月《ゆづき》のように。

ミアハちゃんの奏でる音色のように。

そしてまだ知らない誰かの、新しい希望になる。

僕の書いた小説を、これから誰が読むのだろう。たくさんの人が読んでくれるといい。音楽のように流れ去って、半分消費されて半分何かが残るといい。小説でしか救えない何かをわずかでも救って、読んだ人の明日がすこしでも健やかになるのなら、それほど嬉《うれ》しいことはない。

誰かの魂の一部になりたい、血肉になりたい、そんな大げさなものではなくて。

僕もやっぱり、揺月と同じように、こんなふうに思う。

わたしはあなたの涙になりたい。

〈了〉

あとがき

本作を出版するにあたって、たくさんの方のご助力をいただきました。

株式会社小学館のみなさま、第16回小学館ライトノベル大賞のゲスト審査員として帯のお言葉をくださった磯光雄《いそみつお》監督、お力添えくださった担当編集の濱田《はまだ》さま、美しい表紙・挿絵を描いてくださったイラストレーターの柳《やなぎ》すえさま、ショパン国際ピアノコンクールのお話を聞かせてくださった第18回出場者の今井理子《いまいりこ》さま、作品を読み励ましてくれた友人、偉大な先達の方々、この物語の登場人物たちにも、この場をお借りして、心より感謝申し上げます。

これからたくさん面白い小説を書いていけるよう頑張ります。

本当にありがとうございました。

なお、作中の甲子園《こうしえん》関連のエピソードに登場する高校名は実在のものですが、義足のバッターである清水《しみず》にはモデルとなった人物は存在しないことを申し添えておきます。

〈参考文献〉
『天才ショパンの心――ショパンの手紙』ショパン　訳：原田光子（第一書房）
『ショパン――花束の中に隠された大砲』崔　善愛（岩波ジュニア新書）
『ヴィヨンの妻』太宰　治（新潮文庫）

GAGAGA

ガガガ文庫

わたしはあなたの涙になりたい

四季大雅

発行　2022年 7 月25日　初版第1刷発行
2022年11月20日　第3刷発行

発行人　鳥光 裕

編集人　星野博規

編集　濱田廣幸

発行所　株式会社小学館
〒101-8001 東京都千代田区一ツ橋2-3-1
[編集]03-3230-9343 [販売]03-5281-3556

カバー印刷　株式会社美松堂

印刷・製本　図書印刷株式会社

Printed in Japan ISBN978-4-09-453081-0